衣物語

姚鄂梅 著

它們紮起布匹之花，
在塵世簇擁你，保護你。

目次 CONTENTS

上部　朋友

下部—還是朋友

上部

朋友

黑色，以及少量白色

他脫下上衣，遞到她手裡。

他在戶外更顯白淨，近似一塊玉色砧板，沒有腹肌，也沒有贅肉。面對迭浪而行的江水，他一手撫胸，一手搭在胯上。她替他感到無力。

事實上他是游泳好手，每年都要橫渡幾次清江。

圓領短T的手感真好，是她前幾天剛給他買的。他對衣著向來挑剔，不是要多高級，而是有自己近乎苛刻的標準，比如他只穿黑色，以及少量白色，春夏秋冬，一概如此。她對著標牌一字一句念給他聽：天然、會呼吸的高級工藝圓領衫。他沒出聲，她知道他在聽，也知道不必等他回應。他是個言語簡短的人，不屑於對生活中的無聊瑣事作一一應答，如果沒有特別的反對意見，通常都是沉默以對。

夏天的傍晚，去江邊看人游泳是此地的固定節目。今年的夏天似乎來到更早，剛進六月，地面溫度就達到了攝氏三十一度。男人們水獺般在清江裡來回浮游，他們都有一身又紅又硬的皮肉，那是常年冬泳練出來的。即便如此，他們還是要在腰間掛一種名叫跟屁蟲的救生設備，和他們相比，威廉的體格脆弱得像個初學者，偏偏他還不喜歡跟屁蟲，他總是光溜溜毫無保護地撲進水裡。晏秋只瞅了一眼，就知道淺水灘又去不了了，那裡密密麻麻擠滿了玩水的女人，她們把裙襬捲起來紮在腰間，露出捂了大半年的肥白大腿，原先她們也像男人一樣直撲江心，近年來不知為什麼都開始畏懼濕氣與寒氣了，男人們不怕這些，他們上岸後會去喝白酒吃燒烤，那些東西能讓他們重新變得熱氣騰騰。

威廉永遠站在熱氣騰騰的反面，這可能與他沒有圓鼓鼓的肚皮有關，他的肚皮像整扇豬排骨一樣平整而緊密，這樣的肚皮讓他無法多吃下一口。晏秋常常在餐桌邊因為羞愧而意猶未盡地放下碗筷，妻子怎麼能比丈夫吃得還多呢？但她真的懷念婚前的飯桌，只有她和母親的飯桌，她可以像動物一樣想吃就吃，一吃再吃。也許約束本身就是結婚的使命之一。她愉快地接受了這一使命，但這並不排除她在威廉不在場的時候大肆偷吃。

所有的約束都有漏洞可鑽。比如生育問題。威廉居然不想要孩子，這讓她大吃一驚，她以為男人都渴望看到自己的子嗣。無奈她只有一半表決權。她乖乖地跟在他後面，俘虜似的走在去醫院做人流的路上，中間他接了個同事的電話，一臉緊張，不得不提前離去，留下她一個人去執行原計畫，同時叮囑她完事了給他打電話。醫生是她遠親，不理解她為何能生不生。她說了實情，醫生義憤填膺：天下哪有不想要孩子的丈夫？不要孩子幹嘛結婚？理直氣壯給她出主意：就說我說的，月分大了，流不掉了。她以為威廉會來找醫生理論，結果他只是垂下眼皮，深吸了兩口菸，無奈地說；那就生吧。她從此對命運二字有了更深體會，所謂命運，就是連接許多個一念之差的沒有規律的曲線。她看看手上牽著的不到一歲的小人兒，桔子就是這麼勉勉強強來到人世的。

他把黑色漁夫短褲也遞到她手裡，現在他身上只剩下一條緊得如同長在皮膚上的黑色游泳褲了，他走向水邊，中間又折回來，要抱抱桔子，桔子很少見到近乎裸體的爸爸，直往媽媽身後躲。爸爸抱抱！他把桔子從晏秋身上強行撕扯下來。

晏秋開始展望美景：明年這個時候，桔子就可以跟爸爸下水了，我們桔子將來要變成游泳健將。

桔子對抱他的人無動於衷，對媽媽的展望也沒有反應，只顧盯著一天比一天寬闊的水面，眼裡有一抹幼兒不常見的迷茫與張皇。再過一個月，水位將升得更高，江面將更加浩渺。但晏秋懷疑他根本不是在看水面，她從育兒書上得知，此時的桔子，他的視力根本看不了那麼遠。

晏秋之所以在人流室改變主意，留下孩子，不一定全是醫生的功勞，她自己由來已久的好奇心也幫了大忙。結婚當晚，她就在好奇一件事，她自覺長得不賴，威廉也是長相氣質俱佳，她對他們的結晶充滿了嚮往，她甚至想像過，萬一將來她的孩子太漂亮，以至於成了明星，她這個沒見過世面的人壓不住陣腳怎麼辦。但事實給了她一個巨大的耳光，孩子生下來紅通通皺巴巴像顆醜桔，她後來真的就給他取了個小名叫醜桔，喊著喊著，又變成了桔子。十個月過去了，桔子在進化的路上搖搖晃晃走得緩慢，完全看不出他有一對漂亮的父母。

桔子終於逃回媽媽身上。再見！再見！威廉搖著手，難得地露出半截牙齒，他很少笑到露出牙齒，晏秋見慣了他微微牽動一下嘴角的男人氣的笑，此刻竟覺得，他還是不笑這麼大為好。為了迅速制止他的笑容，她轉臉去看桔子，抓起他的手向爸爸回搖過來。

再見咯！這一次，他是對她說的。

她給了他一個白眼：游個泳還再什麼見！

威廉比任何人都愛說再見，不論多遠，只要跨出大門，再見兩個字就應聲而落。晏秋母親看不慣：再見再見，出去丟個垃圾也再見，又不是出遠門。晏秋替威廉辯護：人家那叫有修養，你看不慣，是因為你身邊淨是沒修養的人。晏秋母親也看不慣女兒五體投地的嘴臉：他不就是個理髮的？

閉上嘴的威廉，重新變回零度表情。

他不高興，他總是不高興，他天生一張不高興的臉。她跟桔子一起看動畫片，《沒頭腦和不高興》，邊看邊笑，邊回頭打量他，他面無表情，令她心中一沉。如果他不是勤懇工作，每天按時回家，收入全額上交，她甚至有理由懷疑他是不是對他們的婚姻有了別的想法。

她花了很長時間才適應了這個現實。他看起來不高興，其實並沒有不高興。

這兩天他的不高興比以前更明顯了，以前的不高興只是落落寡合，但從前天晚上起，一種氣氛變得觸手可及。如果……如果有一天我不能幹這一行了怎麼辦？他問她。

你想去幹什麼呢？

算了。他走開去，中止了自己提起來的討論。

她懷疑是前天晚上那個男人給他帶來的波動。當時她正好也在絲諾造型，她喜歡在傍晚帶著桔子出去散步，路過絲諾造型的時候，順便進去坐一會，如果客人不是太多，她就等他下班一起回家。她希望桔子可以在絲諾裡面鍛鍊鍛鍊跟陌生人相處的能力。她正在跟桔子一起用蠟筆塗塗抹抹，突然聽到外面一聲驚呼：哎呀，你不是那個……那個……你不是王威立嗎？她覺得她聽到的是這個名字。

好多年沒見了，你怎麼在這裡？你什麼時候學會了理髮？哈哈，你變樣了，完全變了，我差點沒認出來。

晏秋探身一看，一個披著白色絲諾罩袍的男人，正望著威廉驚喜地大喊大叫，威廉拎著一把剪刀，面無表情地看著那個男人。

你媽出來了你知道嗎？男人放低了聲音，但晏秋仍然聽得清清楚楚。她看到威廉的頭動了動，他在尋找有沒有支起來的耳朵，晏秋飛快地縮回身子，假裝沒注意他們的對話。

我想想，對了，就在上個月，我還看見過她，老了好多，身體呀精神呀都沒以前好了，那是肯定的嘛。

對不起，你認錯人了。

她聽得出來，那聲音意味著威廉已經生氣了。

王威立呀，我怎麼會認錯？我是跟你住一棟樓的鉗子叔叔啊。你媽要是知道你在這裡，肯定高興壞了。

王什麼王啊。他重重敲了敲手裡的吹風機：跟你說了兩遍了，我不是你說的那個人，你腦子有毛病啊。

全場鴉雀無聲。

威廉猛地把吹風機開到最大，他動作嫻熟，攜帶一絲怒氣，很快就把那個叫鉗子叔叔的人收拾好，打發出去了。

他飛快地除下工作服，換上便裝。晏秋抱著桔子來到他身邊，他不說話，大步走了出去。晏秋吃力地跟在後面喊：你幫我抱抱他呀。

你們先回去，我出去走走。他把上衣下襬往上一翻，露出一截腰身。他在往江邊走，走得飛快。

這麼晚了，一樣是走路，為什麼不往回家的方向走，反而要往江邊走呢？晏秋抱著桔子，在後面追得吃力，就讓桔子喊爸爸，桔子卻只會機械地喊：喊——爸——爸！喊——爸——爸！

他終於停下來：別跟著我行不行啊？給我留一點點空間讓我透個氣行不行啊？我是人，不是拴著鐵鍊子的畜牲。

晏秋嚇壞了，他從來不說這麼重的話，這麼毫無道理的話，趕緊停下來，看著他一徑往前而去。

不過，當他回來時，一切已經恢復如初了，他還給桔子買了個電動小汽車回來，弄得桔子小半夜的還不肯睡覺。

晏秋小心翼翼地跟他提到那個鉗子叔叔，他把被單拉到下巴：在絲諾，總能碰到一些奇奇怪怪的人。也許是我長得太大眾化了，上次還有人把我認成一個姓魯的人，一進門就大驚小怪地指著我嘰哩呱啦。

你才不大眾化呢。她朝他那邊挪了挪，把手放在他胸口。

他一動不動：你說，把桔子養到大學畢業，得多少錢？

沒想過。她以為他在操心錢的問題，就安慰他：可多可少吧。

有一次我看到一篇文章，說養大一個孩子得兩百萬。

那是在大城市，我們這裡根本不用這麼多，再說了，又不是一口氣花出去，是分攤到每一年每個月，是一邊長大一邊花，一邊掙一邊花，所以你儘管放輕鬆，如果連威廉這樣的人都養不活自己的孩子，那我勸大家都不要生了。

威廉拍拍她放在他胸口的手：萬一他書讀不進去，我有一套剪刀留給他，讓他子承父業，生存沒什麼問題。

晏秋迷迷糊糊嗯了一下，沒了聲息。

他沒有他們那身又紅又硬的肉，沒有他們聲音高亢，也沒有綁在腰間的跟屁蟲，卻總能第一個在江對面上岸，因為他們總是不肯一氣呵成，總要浮著休息幾次，如果說他們是兔子，他就是烏龜，不緊不慢，不捨不棄，最終不聲不響地到達目的地。

以前，春曦還在這裡的時候，她和春曦常常坐在江邊看他游泳，他的泳姿與眾不同，別人都是貼著水面，像在浴缸裡一樣優哉游哉，他卻似憋足了一口氣，一下水就直扎江心，彷彿清江是他的仇人，他一進去就要直搗這個仇人的心臟。他接連不斷地扎猛子，扎一個，露出頭來，抹一把臉上的水，瞪著一雙憤怒的眼睛拚命喘氣，再扎下去，再出來怒喘，再扎下去。晏秋那時還不是他妻子，連女朋友都不是，她捂著胸口說：他扎進去的時候我好緊張啊，萬一出不來了怎麼辦？春曦瞪她一眼：怎麼可能出不來？就算淹死了也會漂起來的呀。

春曦總是語出驚人，直抵真相，很多人都受不了她說話，晏秋卻深深為之著迷。她認為這是一種娘胎裡帶來的勇氣和才氣。

她很快就看不見他了，他被那些散落在江裡的彩色小點子淹沒了。她牽著桔子在岸邊來回走，風帶著微微的水腥氣，桔子在風裡跌跌撞撞地跑，像風裡有他看不見的好夥伴。蚊子們最喜歡他肥胖的小腿和胳膊，稍不注意就叮在上面痛飲，晏秋只好不停揮舞威廉那件會呼吸的短T，權當它是趕蚊子的蒲扇。

一艘客輪開過來了，水面搖盪起來，在岸邊發出很大的啪啪聲，幾個掛著跟屁蟲的人笑嘻嘻游向岸邊，以防被大浪吸走。威廉不在回來的隊伍裡，畢竟不是所有人都回來了。晏秋想找到他，試了一下又放棄了，還是先管好桔子要緊，一眨眼他又脫離了她的視線。

晏秋指著大客輪教桔子說話：大船。大輪船。去旅行。

兩聲直入人心的長鳴過後，大客輪不慌不忙地開走了，江上重新布滿彩色的跟屁蟲。應該提醒威廉也買一個的，誰都有水下抽筋的可能。明年這個時候，桔子就會趴在威廉的背上試水，那時可能不止跟屁蟲，她可能還得去買一個搭配雙槳的橡皮救生艇。

江邊猛地一暗，太陽的餘暉沉入地下，有些人開始上岸，他們的嘴唇微微發紫。太陽一離開，江水就變冷，比人變臉還快。晏秋開始在江面搜尋威廉，她希望他儘快上來，然後三個人去找個有啤酒和燒烤的路邊攤。

只剩下最後幾個江中心的彩色跟屁蟲了，她在他們當中尋找一個小黑點，威廉沒有跟屁蟲，如果有小黑點應該就是他。也許是太遠了，她找不到小黑點，她也不相信威廉此時還在江中心，他下水有些時候了，他的體力不可能支撐他一刻不停地游到現在。

岸上的人也走得差不多了，威廉還沒出現。桔子在吵瞌睡，她坐下來，把桔子橫放在膝頭，輕輕晃了晃，桔子就合上了眼皮。他不會被那艘大客輪捲走了吧？她搖了一下頭，趕走了這個荒唐的念頭。怎麼可能，他技術那麼好，不會傻到去靠近船邊。

最後一個掛著跟屁蟲的男人上來了，他皮膚黑紅，身材剽悍，一看就是個資深的游泳愛好者，路過她時問了一句：還在等人？我應該是最後一個上岸的。

不可能吧？她看看寬闊的江面，又不是游泳池，他不可能看清整個江面，他沒有那麼寬廣的視野。但她還是告訴那個人，她在等孩子的爸爸。

男人停下來，回望江面。真的沒人了，你確定他沒在別處上岸？

晏秋揚揚手裡那件天然、會呼吸的高級工藝圓領衫：他衣服還在我這裡呢。

晏秋從男人眼裡捕捉到一絲緊張，她知道他想到了什麼，但她不相信，威廉每年都要橫渡清江好幾次，游泳對他來說，就像散步一樣輕鬆自如。

一直等到天完全黑了下來，蓋著天然、會呼吸的高級工藝圓領衫在她懷裡睡覺的桔子又醒了，晏秋才覺得男人說的有道理，威廉很有可能在別處上了岸，光著身子返回來太遠，就直接回家了。難道他不應該打個電話給她嗎？她微微有些抱怨，馬上又想到他赤身裸體，僅有一條游泳短褲，他要怎麼打電話給她呢？她匆匆回到街上，馬不停蹄地往家裡趕，她想像威廉可能還沒到家，還在路上，要不就是已經回家，但正在洗澡，等他洗完出來，換上乾淨涼爽的汗衫，趿著夾趾拖鞋，然後才能不慌不忙地給她打電話：你們在哪裡呀？也有可能他碰上了一起游泳的朋友，他們讓他一起走，他不能說，我還有老婆孩子在等我。他不喜歡掃人家的興，也不喜歡總是把老婆孩子掛在嘴上，他的樣子也不像一個有家庭拖累的人，甚至不像個已婚男人，他衣著講究，儀態也講究，談話從不涉及家常，也不像她一樣抱著孩子穿街過巷，說起來，結婚生子這些事，好像是她一個人在做，孩子還沒出生，她就把頭髮剪短了，鞋也都換成了平跟，而他只是個不遠不近的旁觀者，他冷靜地看著她一點一點做出這些改變，就像看著一朵花如何從待放的花蕾到瑟瑟抖落花瓣。

但他並沒有穿著乾淨涼爽的汗衫、趿著夾趾拖鞋在等她，並且正準備給她打電話，她在幾間屋裡找了找，又打了絲諾造型的電話，她懷疑他從江裡爬起來後直接去了絲諾，那邊來了性急的客人，點名要他，誰叫他是絲諾造型裡最好的髮型師呢？然而，絲諾那邊也沒有，他們也正在找他。她又找她知道的他的幾個朋友，都說沒有跟他在一起，都說讓她等等，他也許在哪裡吃燒烤喝啤酒，游完泳的男人都喜歡做這件事。

夜裡十一點多，她還是沒有找到他，也沒搜索到關於他的任何訊息，她報了警。

第二天早上九點多，她第二次報警，打撈隊開始出動，他們沿江打撈了十二個小時，他們在江面上巡視，下網，抽菸，搖頭，把菸頭扔進江裡，不住地抱怨這差事，一個多月前就開始漲水，水又急，這江裡哪年不死幾個？今年還算開始得晚的。晏秋看著他們手裡尖利的滾鉤，一邊想用最惡毒的語言罵他們，一邊又跪下來朝他們哭喊。

最終，他們告訴了她兩種可能，要麼是被大客輪捲到螺旋槳的槳葉上帶走了，要麼是沉下去，又被強勁的水流沖進了長江，然後順江而下。只能留意下游報告的浮屍消息了，總之，他們絕不相信他還乖乖地、完整地躺在江底，他們見得太多了，她想要的結果完全不可能。

母親一直不停地流淚，擤鼻涕，晏秋本人卻沒那麼多眼淚，她根本不相信這一切是真的，母親是沒見過威廉游泳，輕輕鬆鬆就能橫渡清江的人，怎麼可能溺水？除非有人捆住他，又給他綁上大石頭作墜子。她總覺得他會在某個意想不到的時刻，突然濕淋淋地從水裡爬起來，走回家裡。直到一個星期後，桔子突然尿了一大泡，尿的溫熱和微微刺痛弄醒了她，她惺忪著眼睛坐起來，發現遠非尿床那麼簡單。桔子拉肚子了，深綠色像菜湯一樣的大便源源不絕地從那個小身體裡流出來，好像孩子的內臟已全部化成了一攤汙水，而出口只有肛門那一個。她嚇壞了，直著嗓子大叫威廉，叫了好多遍，才聽見腳步響，母親一臉驚駭地站在房門口，她這才意識到，再也沒有威廉那個人了，那個又俊又酷手藝超群的髮型師，她再也看不到了，就算叫破喉嚨，也不會有爸爸來回應她的桔子了。

哭聲喚醒了她，她在雨簾一樣的淚水中想起來，她還有一個電話沒打。她必須打電話給春曦，她怎麼把春曦給忘了，這太不正常了，她第一個該打的電話就是春曦呀。

鵝黃上衣和粉藍褲子

兩年前的一天，晏秋去接春曦下班，春曦憤憤然對她說：我要走了，再也不回到這個鬼地方來了。

晏秋望望她身後端莊典雅的銀行招牌，以及她剛剛換下來拿在手上準備去乾洗的藏藍色毛料制服，不無酸意地說：走吧走吧，反正世界全都是你的，你想去哪就去哪。晏秋以為她所謂的「走」，不過是調離這裡，到更好更大的銀行去。

春曦沒理她話裡的揶揄，繼續說：這裡的人太他媽小氣了，一個玩笑都開不起。

晏秋馬上明白過來，春曦那張嘴終於惹上事了。

春曦的大腦與嘴巴之間一定是世界上獨一份的最短路程，當她想到什麼，嘴巴一定在同一時間忠實地表達著什麼，或者說，她的嘴巴其實就是她大腦的外掛機。在她們還沒成為好朋友，甚至還沒見面時，晏秋就風聞過春曦的一則笑話：知道嗎？某某銀行裡有個女瘋子，正上著班呢，突然把手裡的筆一甩，伸著懶腰喊：好想結婚哦！整個大廳被她唬得鴉雀無聲。後來，一個同事大媽壞壞地問她：哪裡想結婚了？小姑娘說：你一個已婚婦女，你會不知道？

這段話在宜林足足風傳了半年，它飛出銀行那花崗岩和不鏽鋼做成的櫃檯，飛到大街小巷，每到一地，就裹一層當地的地灰，變得更加翔實而肥厚，更加天真而淫邪。晏秋是在幼稚園裡聽到這個笑話的，同事們都在戚戚地壞笑，晏秋雖然也在笑，心裡卻佩服不已，還有誰敢說這樣的實話呢？她也有過這樣的一閃念，她相信很多人都有過這樣的一閃念，但從來沒有人把它大聲說出來。

有一天，放學時分，她從同事們怪異的眼神和竊竊私語中捕捉到一個訊息，那個說好想結婚的銀行的姑娘來了，她是來替同事接孩子的。

那個孩子正好在晏秋班上。晏秋把孩子領出去，她見到的是一個衣著明亮身材微豐的小姑娘，鵝黃上衣，配一條粉藍色長褲，一眼掃去明明是俗豔，不知為何，眨眼間又變成了天真無邪，跟那則笑話說不出地匹配。

晏秋把她拉到一邊，湊近耳朵說：孩子尿褲子了，我沒通知她媽媽，自作主張去旁邊小超市買了條褲子給孩子換上了，你回去跟她媽媽講一聲，叫她不要責怪孩子，一驚一乍，容易弄成習慣性反應。

春曦老熟人似的拍了她一下：做得好！我替她媽媽謝謝你。

放完學，晏秋也該回家了，沒走出多遠，就看見春曦跟同事的孩子在路邊欣賞手藝人做糖人。

因為路線相同，她們開始邊走邊聊。春曦說她小時候也有類似經歷。她使了個眼色，讓晏秋明白她指的是尿褲子。她說當時全校師生都在操場上開會，她突然想尿，又不敢舉手，沒辦法，一泡長尿憋著憋著全部細細地灌進了褲腿，又順著雙腿流進了鞋洞裡，誰都沒有發覺，但她媽媽在放學路上發現了，把她按在大自行車後座上，照著屁股就是一通暴捶，邊捶邊叫喊，弄得半條馬路的人都圍過來。你知道嗎？那是我這一生第一次想自殺。

晏秋被最後這句話震撼了，可她回過頭來，發現春曦臉上是笑著的。

後來春曦又多次代同事接女兒，一來二去，兩人慢慢成了朋友，繼而成了死黨。

然後有一天，晏秋試探著講起了那個傳聞。那真的是你的原話？她問春曦，春曦一點也不惱，心平氣和的解釋：那些人把語境給我去掉了，當時有人在講一個相當漂亮的婚禮，你要是聽見了，你也會非常非常嚮往的，他們的愛情故事很曲折很傳奇，我完全被打動了，很自然地發出了感嘆：好想結婚哦！結果他們就給我斷章取義宣傳出去了。不過我不在乎，想結婚又不犯法。

因為晏秋回家正好要路過春曦的儲蓄所，就提議，乾脆以後她也不用去學校替同事接了，等她送走最後一個學生後，順路把孩子給她帶過來。

千萬別！我在那個不鏽鋼柵欄裡面關了一整天，就想出來透透氣。一天中我最喜歡的時刻就是傍晚，這個時候光線最舒服，景色最優美，每個人不是下班就是放學，一臉輕鬆，和顏悅色，人間可愛得彷彿是假的一樣。

還有一條至關重要的理由，晏秋是後來才知道的，跟服裝有關。春曦說，穿了一整天制服後，全身的皮肉都在密謀著造反，如果她不飛快地脫下它們，換上自己精心挑來的衣物，在外面自由自在無拘無束地走一走，她不是變成罪犯，就是變成神經病。

你想想，連關在柵欄裡供人參觀的動物都會精神失常！春曦說這話時，臉色很恐怖，像恐毛族見到老鼠。

晏秋卻說，其實你們的制服挺漂亮的。

你能忍受天天穿一樣的衣服嗎？如果讓我每天每天、從早到晚都穿一樣的衣服，我肯定會死的，所以我下班後的第一件事就是換下制服。

晏秋還記得一個早春的傍晚，春曦從儲蓄所裡走出來的樣子，晏秋還穿著棉襖，春曦已換上了夏天的薄裙子，沒走幾步春曦就敵不住了，畢竟只有攝氏五度，不得已從包裡掏出淺藍色牛仔褲套上，那是她早上出門時的裝扮。還是不夠，裸露在外的胳膊很快爬滿雞皮疙瘩，沒辦法，晏秋只好把自己的黑色毛衣從棉襖底下掏出來，套在她身上。走了一陣，春曦猛地立住，背著江水，雙手叉在腰間說：給我拍張照片吧。

就這身？

就這身。

照片上的春曦，側身站在江邊尚未完全返青的田邊小路上，碎髮被風吹起，野蠻地蓋住半張臉，小裙襬一部分緊貼屁股，一部分在大腿上糾結成一團，黑色毛衣偏緊，豎狀麻花扭歪了。偏偏她還有兩樣耀眼的武器，玫紅色的短靴，以及同樣玫紅色的手套。晏秋並不認可這種搭配，但因為這身搭配並非出自春曦的審美，只是為了禦寒而胡亂拼湊在一起，所以就沒說什麼，沒想到春曦的反應迥然不同：

你真的不覺得這種亂搭很美嗎？只有T臺上的超模才敢這麼搭配吧。什麼叫美？陌生的刺激而已，冒犯也算。

晏秋就笑：也就你敢，我反正是不敢的，我怕被人送到栗樹嶺去。

精神病醫院在栗樹嶺。

什麼敢不敢的，我只是不像你有那麼多顧忌而已，荒郊野外的，我要顧忌誰？江水嗎？田野嗎？

還有表情，你的衣服就很配你的表情，就算我穿得下你的衣服，我的表情也未必能配上它們。

是啊，你挺像個幼稚園老師的，溫柔，甜美，傻氣。

晏秋開始反擊：你也挺像一個銀行職員的，無情無義，只是有錢。

春曦哈哈大笑：那你可錯了，我很窮，好多次都想監守自盜，搞一筆錢出來。

晏秋不理解春曦為什麼會喊窮，春曦抖抖身體說，我的錢都變成衣服了，每個星期我都要給自己買點新衣服，不買就覺得這個星期白過了。我媽也支持我買新衣服，她說這幾年不打扮，一輩子都沒機會打扮了，我覺得她的說法不一定對，但她的態度能讓我買起衣服來更加心安理得。

你不是要穿制服嗎？買那麼多衣服哪有時間穿？

所以才要買很多啊，這樣才能在極其有限的時間裡盡可能地多穿一些，我絕對受不了一身衣服連著穿兩天，也受不了一件衣服在一個星期裡輪穿兩次，我最大的目標是每天看起來都不一樣，不然我會心情不好，情緒低落。

那麼多衣服得要多大的衣櫃呀。晏秋想想自己家裡那個簡易小衣櫃，只有一個掛衣服的格子，覺得自己跟春曦到底是不一樣的人。

衣櫃方面倒沒有煩惱，就是每天花在選衣服上的時間有點太多了，我都是睡前把第二天要穿的衣服找出來，試穿好，否則我會睡不著覺。因為我總是不能確保一次試穿成功。換成是我會煩死。

一點都不煩，我都是一邊聽歌一邊完成試衣服這件工作的，其樂無窮。

那天她們邊走邊聊，一直走到腿都挪不動了，舌頭也累直了，看見一個路邊攤，不約而同地撲過去，一人吃了幾串燒烤，喝了一瓶冰啤酒。晏秋說，這個點了還像男人一樣在街邊喝冰啤，這對我還是第一次。春曦拉扯著烤肉串說：你馬上就會愛上這種行為的。

在此以前，晏秋總是下了班就往家裡趕，她家在城郊有座獨門獨院的小樓，那是通過漫長的拆遷鬥爭得來的果實。母親不止一次撫摸著堅硬的外牆瓷磚說：我對得起你了，我的上一輩啥都沒給過我。為了報答母親的給予，晏秋十分聽話，已經工作了，還像中學生一樣吃在家裡住在家裡，每天向母親報告自己的行蹤。母親對她跟春曦做朋友很支持，她覺得但凡是國家管得著的有正式工作的人，都不會亂來，都算得上是好人，何況她還在銀行，那裡可是錢成堆的地方，母親一生對錢極其尊重，每逢數錢，即使是小毛票，也一張一張擼平卷角，恭恭敬敬夾進一本書裡，做這些事時，還必須背著光，必須拿到最靠近胸口的位置，一聲不吭，屏息靜氣，直到做完為止，像在舉行一個儀式。

因為母親想要看看這個從錢堆裡爬出來的朋友，晏秋把春曦邀請到家裡，理由是讓她考察一下自己的衣櫥，替她設計日常穿衣風格。春曦很高興這次邀請。你很美，但愈是美的人愈要慎重對待自己的衣著，否則很容易美得俗氣。幸虧你遇到我，我來教你穿衣服，保證把你打扮得驚豔全城。

由於春曦並不明白這次邀請的真正目的，對晏秋母親的熱情有點明顯的排斥，她從不跟這種年紀的女人多說一個字，一個庸俗不堪的郊區老年婦女，在她眼裡根本就是沒法對話的物種，一進晏秋的房間就喊：關門關門，別讓她進來。

打開晏秋的衣櫃，春曦冷笑兩聲：全都沒有改造的必要，直接扔了，從現在開始，我帶你去買衣服。我的媽呀，你一定得跟我講講你當時為什麼要買這件衣服？它究竟哪裡打動了你值得你為它花錢？你穿的衣服並不只是衣服，而是你的美學知道嗎？張愛玲也是這麼說的，各人住在各人的衣服裡。

晏秋知道張愛玲，卻不知道她還說過這個話，加上衣服被全面否定，內心極其崩潰，只剩下唯唯諾諾：好吧，扔！扔！然後你幫我看看我該住在什麼樣的衣服裡。

她知道自己的審美不行，但她沒敢告訴春曦，她連大學都沒上，她的幼師工作是母親用徵地換來的，當初她們家可以換來兩套房子，但她母親寧肯只要一套，另一套，給晏秋換了份幼稚園的工作。當時晏秋已經在上高二了，母親跑去找老師，再三確定晏秋高考到底有沒有指望，當老師被逼無奈客觀地說出大概有兩成希望時，母親拉著晏秋扭頭就走。母親的想法雖然粗暴直接但也不是全無道理：上大學不就是為了找工作嗎？現在就有一份工作等著你，我也知道讀了這麼多年，應該去考一考，但萬一考不上呢？這工作可不會在這裡等著你，好多人都爭著要呢。

開始兩年，的確看不出沒上大學有什麼不妥，晏秋很快就適應了幼稚園，工作上從未出過紕漏，有時甚至還能受到表揚，直到碰到春曦，她才發現，有些東西，她是永遠地失去了，比如她就說不出「身上穿的衣服並不只是衣服，而是一個人的美學」這種話來。她的美學的確成問題，高中並不教授美學，她的衣櫃裡充滿了各種正確的衣服，每一件都無可挑剔，搭配起來卻乏味至極。

春曦一件件試穿她的衣服，讓她看她精心挑選、花費不菲買回來的衣服穿在人身上有多難堪，簡直是一堆廢品，似乎它們不是為了把晏秋打扮得更美麗，而是為了拆臺，為了顯示晏秋的眼光有多拙劣，品味有多低下。當然，春曦的表演也是一個方面，她本來就比晏秋豐滿，加上不屑一顧的眼神，再故意配上醜化的姿勢，晏秋看得都快哭了，這些年，自己一直都是這麼醜過來的嗎？

這一晚，她至少有兩個收穫，她懂得了對她而言，什麼樣的衣服是不合適的，她還懂得了春曦在這方面比她強太多，春曦自己肯定也看到了這一點，才敢用鄙視的眼神打量她的小衣櫃，才敢用指尖刻薄地挑起她的一件件衣服，不當回事地扔在椅子上，扔在地上，有一陣子她臉都紅了，那不是她的衣服，那是她的臉面，她的尊嚴。但她強令自己接受春曦的鄙視和嘲諷，她覺得這才是朋友間應有的態度，如果她生氣，那她就辜負春曦了。不僅如此，她還應該感激老天爺給她送來了春曦，如果不是春曦，她將在很長的時間裡，甚至在漫長的一生裡，都不知道自己的審美有多不堪，自己的樣子有多可笑。一切還來得及。

幸好她還有房子，這是她唯一完勝春曦的地方。

跟你相比，我過的簡直是非人的生活，我連自己的私密空間都沒有。春曦像個裝修驗收工一樣打量屬於晏秋的房間。

晏秋給她出主意：你有兩條出路，一是早點結婚，二是去買一套屬於自己的房子。

兩條都辦不到咋辦？

那就租房，從員工宿舍裡搬出來。

春曦狠狠地盯著她：租房不是都市青年的專利嗎？巴掌大個小地方，也值得我去掏房租？與其把錢拿去交房租，不如買兩件衣服來得愉快。

你可以了，再買下去就是病態了，你到底有多少衣服你還記得嗎？我都看得眼花撩亂。

我知道我有病，戀物癖。春曦難得地老實承認：我也想改掉，想自我治療，但你知道嗎？每當我看到那些男人駝背凸肚，褲子口袋裡永遠塞著香菸打火機和手機，皮鞋蒙滿灰塵，毛料西裝肩上鋪一層油膩的頭皮屑，每當我看到那些女人衣服上掛滿毛球，褲子嚴重變形，紅色內褲在薄裙子下若隱若現，我就恨不得一頭碰死，恨不得立即找棵樹爬上去，證明我跟他們不是一夥的，但我不能真的去死，也沒法找那樣一棵樹，我唯一能做的就是繼續待在他們身邊，但把自己弄成他們的反義詞，也許這才是我不能忍受整天穿制服的真正原因，因為穿上制服，我看上去跟他們並無區別。

晏秋聽得一愣一愣的，她一會兒覺得春曦是在講衣服，一會兒又覺得春曦其實是在講別的東西。

春曦繼續說：我真的病得不輕了，外面進來一個穿得漂亮的女顧客，我會像色鬼一樣站起來打量她，她離去，我就目送她的背影，直到完全看不見為止。你不會明白那種感覺的，世界上好看的衣服、好看的化妝品都叫她們搶完了，我們困在鐵柵欄後面，什麼也拿不到，我們那裡很多人得了化妝綜合症，因為衣服太難看了，她們就在臉上彌補，塗很厚的粉，化很濃的妝，整天嘟著一個大紅嘴巴，像剛吃了死人。我不想得這種病，我不想這麼早就把皮膚給毀了。她們不相信，她們說粉也是有營養的，也可以滋養皮膚。我不相信，我等待不遠處的現實抽她們一個大嘴巴。

說到化妝，晏秋也有苦惱，任何一種口紅，塗在嘴上都有虛掉或化掉的可能，尤其是她們當老師的，因為嘴唇使用過於頻繁，口紅極容易化開，但是不塗口紅她又不甘心，因為孩子們會奶聲奶氣地說，搽了口紅的某某老師最漂亮。

總之，我們的環境沒有滋養我們，相反，它在一點一點、一天一天地損害我們。

中間，母親在外面敲門，晏秋打開一看，她端著托盤，托盤裡放著兩碗銀耳羹。

送銀耳羹只是個藉口，母親放下托盤，就不走了，開始加入她們的閒聊，沒說幾句，就問起春曦的同事來。聽說銀行裡年輕人多？而且家境都不錯？也是，那種地方，一般家庭的孩子進不去。

春曦不明白她的意圖，認真地反駁：不會吧，我就是一般家庭的孩子。

我家晏秋啊，我替她擔心呢，工作太忙了，打交道的人不是孩子，就是孩子的家長，一年年過去，連個朋友都交不到。

我不就是她的朋友嗎？

晏秋已經聽出母親的意圖來了，春曦就是聽不出來，也不知道她是不是假裝聽不出來。

母親一急，索性直說了：算我拜託你，你們單位要是有合適的男孩，不要忘了替我們晏秋想著點。

噢！你是這個意思啊，我知道了，不過，我覺得我們單位那些男同事都挺傻的，素質也不怎麼高，把晏秋介紹給他們，有點吃虧。

你所說的傻是不是指人比較老實那種？

倒也不是老實，怎麼說呢？就是，特別狹窄，格局很小……

母親打斷她：工資高呀，聽說比一般單位都高出好多。

阿姨，工資高的人很多，但有趣的人很少，乾巴乏味，聊個天都能把人聊出瞌睡來，您說那種人工資再高又有什麼意思？

晏秋看到母親的臉色慢慢變了。春曦繼續為晏秋清理衣櫃，盡量把容易搭配的衣服放在一起。母親責備晏秋：你自己不會收拾？還麻煩別人來幫你，真是！

母親站起身來，晏秋驚訝地發現，當她出去的時候，竟然把端給她們的那兩碗銀耳羹又端走了。

還好春曦沒看到，她正一頭鑽進衣櫃裡，只把屁股對著外面。

母親真是好笑，真是孩子氣，真是沒教養。晏秋氣得心神不寧，很快就找了個由頭，中斷了這天的服裝課，送走了春曦。她真怕春曦再待下去，母親會做出更加露骨的事情來。

給春曦打電話不是很順利。

明明接通了，卻一片死寂，她以為電話已經斷了。掛掉重撥，好幾次，都是這種情況。打到第五個的時候，終於接通了，春曦的聲音聽起來很疲憊，很遙遠。

她嗚嗚咽咽地講完了威廉溺水的經過，春曦竟沒有反應。

她猜她一定在那頭流淚，一定難過得說不出話來。在她認識威廉之前，春曦跟威廉就已經是好朋友，她的難過肯定不亞於自己。

事到如今，只能慶幸桔子還小。話筒裡終於傳來春曦低沉沙啞的聲音。

你怎麼能這麼說？那是我丈夫，也是你的朋友哎！

但他已經死了，你應該迅速忘掉這事，全力以赴去應對前面的生活，而不是哭哭啼啼找人訴說。

你到底還是不是春曦？我打通的是不是春曦的電話？嫌我不夠溫暖嗎？如果你需要溫暖，就去跟那些口是心非的人交朋友吧，讓她們陪你傷感，陪你哭，把眼淚流乾，然後孩子三餐不濟，終於意識到自己不僅沒了父親，而且也沒了母親。去吧，到她們懷抱裡去吧。

是的，我會去的，她們至少比你更有人情味。你知道嗎？連野獸都不會丟下同伴的屍體，牠們會拖著牠走，直到腐爛得拖不動為止。

說到屍體，你到底有沒有去找他的屍體，然後拖著他走呢？如果你有這樣做過，那我就錯了。

我找過，但我實實在在找不到他呀。晏秋突然放聲大哭起來。

好了好了，是人都會死，他死得早，對你反而有好處，你可以名正言順地再婚，你還那麼年輕，長得又漂亮，你前程似錦，十分可期。

你這惡毒的女人，我的桔子還不到一周歲。

他會和繼父建立起親生父親一樣的感情。

春曦，你說話好傷人你知道嗎？

為什麼一定要聽假話呢？如果我都跟你講假話，你在哪裡才能聽到真話呢？你到底想不想聽到真話呢？

威廉的魂魄肯定還沒走遠，他肯定會聽到你這些真話的，你以為他會怎樣？感謝你跟我講了這些真話嗎？

忘記他吧，就像你從沒遇見過他一樣。

她是在春曦的儲蓄所櫃檯前認識威廉的。

那天她下了班，照例腳步輕快地朝春曦的儲蓄所走去，儲蓄所在一個丁字路口，傍晚時分的全部華彩似乎都被儲蓄所的寬大匾額吸了過去，以致晏秋向它走去時，有一種投身快樂與光明的感覺。她很奇怪春曦竟覺得這裡像個牢籠。

她看到一個顧客隔著櫃檯站在春曦面前，似乎正在諮詢什麼。晏秋悄悄避讓一旁，止不住一再向那邊偷眼張望，雖然只是背影，但已十分出眾，一身黑衣，瀟灑的身形，不羈的長髮，也許是個路過的外鄉人，本土青年應該沒有這種氣質。

很快晏秋就聽出來了，他們並非在談論銀行業務，話題似乎有關髮型，因為春曦在說，要蓬鬆，要亂，一整齊就沒意思了。小夥子說：我懂，你要層次感、要隨意，要靈動。

春曦終於發現了晏秋，向她招手。

給你介紹一個新朋友，他叫……不管了，你就跟我一樣，叫他威廉吧。

晏秋羞澀地向威廉笑笑。

春曦還沒下班，她吩咐威廉：你帶晏秋到外面去等我吧，我最多還有十分鐘。

接下來晏秋度過了人生中最尷尬的十分鐘，她第一次和一個陌生異性單獨相對，連手都不知道該怎麼放，而威廉似乎比晏秋還窘迫，想走，又因已經答應了春曦而不敢走。

你是……

幼師。她似乎知道他要問什麼。

哦，好吧，我是髮型師。

然後又是尷尬的沉默，看來帥氣的威廉也不擅跟陌生人閒聊，這種猜度為她提升了一點信心，她彷彿聽見威廉的內臟因為搜索枯腸而發出輕微的抱怨，她決定幫他一把，就問：你和春曦，你們是同學嗎？

不，她是我的客戶，當然，我也是她的客戶。

晏秋莫名其妙鬆了一口氣，她還以為他們是那種關係呢。

他低下頭去打量手裡那張紙，那是春曦給他畫的髮型草圖。見她往這邊看，他抖抖那張紙：你看，春曦給自己畫的設計圖。

看來他挺欣賞春曦。晏秋想起春曦為自己搭配服裝的情景，也說：她在審美方面眼光不錯。

春曦終於跑出來了，三人結伴往外走，原本晏秋和春曦約好了今天吃小龍蝦，看來現在要變成三人一起吃小龍蝦了。就在著名的龍蝦一條街，一到晚上，這裡人頭攢動，似乎全城的人都跑這裡吃龍蝦了。

為什麼他會有個外國人的名字？威廉跟老闆點菜的時候，晏秋小聲問春曦。

絲諾造型就是這樣的，威廉做一個頭髮的價格，至少是李明的五倍。

這裡的氣氛真火爆，沿街都是蒙著透明塑膠桌布的彩色塑膠桌椅，每張桌上都擺滿了大盆大盆紅通通的小龍蝦，腳邊是套著塑膠袋的垃圾桶，一隻龍蝦，總共也就花生仁大點肉，吐出的蝦殼鉗子之類卻有一大碗，如此一來，整條街就像是個雜亂無章的屠宰場。但人們都喜歡來這裡，喜歡把自己浸泡在十三香熬煮出來的辛香味兒裡，一瓶一瓶地喝冰啤。

晏秋吃這個不大在行，再怎麼聚精會神，扒下來的殼還是支離破碎，後來索性盯著春曦吃，同時替春曦數數。

春曦，二十七隻了。

這玩意兒還是少吃點。威廉也說，手上卻還在為春曦精挑細選，夾出兩隻大一點的，放在春曦面前的小碟裡。春曦皺著眉頭揮手：多此一舉，趕緊放回去，給我泡在湯汁裡。

威廉就聽話地把那兩隻放回湯汁裡。

晏秋有點疑惑，如果只是客戶關係，能親密到這個程度？

春曦突然提議，讓威廉替晏秋設計個髮型，改變一下她的馬尾形象。

威廉看了晏秋一眼：她紮馬尾挺好。

太幼稚！

威廉就盯著晏秋打量她的臉型，晏秋被他看得不好意思，垂下眼皮去專心對付龍蝦。春曦碰碰她：絲諾造型裡著名的髮型設計師在打量你的頭型，你還要躲？在他們那裡，他看你一眼，都值百把塊錢，還不包括動剪子。

晏秋尷尬地抬起頭，威廉卻說：好了。

春曦讓晏秋跟他預約個時間，到絲諾去處理一下。

威廉表示不用去絲諾，待會兒，吃完飯，他們一起去江邊走走，他在路上就可以幫她處理一下。

你都沒有工具。春曦睜大了眼睛。

威廉拍拍他的腰包：我的鑰匙串上有一把折疊剪刀。

晏秋也跟著睜大了眼睛，折疊剪刀？路上？而且沒有鏡子，沒有水，沒有吹風機。她從沒聽說過這樣的理髮師。

吃完飯出來，天色還亮著，三個人散亂地走在江堤上，微風吹來堤邊莊稼地裡的氣息，煞是舒服。

威廉讓晏秋把髮箍解開，用手抓住髮梢輕輕抖了抖，頭髮頓時嚴嚴實實遮住了半截單薄的後背，然後威廉就像忘了這回事一樣，若無其事地走，漫無邊際地聊。最後一抹夕陽照過來，春曦興奮地揚起淡金色小臉，一路滔滔不絕，晏秋注意到，她的牙齒都在閃著淡金色的光芒。威廉一直朝春曦側著頭，生怕漏掉她一個字的樣子。晏秋終於沒忍住，悄悄湊近春曦，問她：你男朋友嗎？春曦搖頭：別提這個，掃興！又問：你有男朋友了嗎？

晏秋奮力搖頭，她已預感她的感情之路不會順利，母親希望她能嫁一個在機關裡做事的人，母親覺得只有那種人才能幫她解決編制問題，別看她進了幼稚園，她是通過徵地進去的，在幼稚園裡屬於編外人員。所有這些，晏秋都沒有告訴過春曦，她猜春曦也不需要了解這些，她們在一起，就是趣味相投，就是純粹的友誼，純粹的友誼就是不問各人的俗事，不聊柴米油鹽，只聊那些有趣的東西，衣服，髮型，傍晚的江邊，轉瞬即逝的情緒，總之，她們所聊的生活，遠遠不是母親眼裡的生活。

春曦突然提醒威廉：你還剪不剪頭髮了？待會兒都沒有光線了。

威廉從腰包裡摸出剪刀，也沒叫停晏秋，追過去，嚓嚓兩下，頭髮就掉下幾片來，飄飄搖搖落到路上，晏秋的驚叫這才延遲響起，剛一轉身，威廉出其不意在她耳畔又是一剪。晏秋再要叫，威廉扶著她的肩，只一扳，晏秋就在他懷裡轉了個身，另一邊耳畔又著了一剪。

哇！春曦臉色發白，好一陣才回過神來：我還以為要發生凶殺案了呢。

威廉讓晏秋用手指隨意梳梳頭髮，讓頭髮再度回復到自然狀態。與此同時，他大步走到前面去，回過身來，盯著晏秋倒著走。

像這樣擺一擺！威廉搖搖自己的頭，命令晏秋。

他不停地叫她做出各種動作，晏秋意識到她碰到了一個真正的剪髮高手，最後一次，他終於讓晏秋停了下來，從頭頂開始，嚓嚓嚓，瘋狂地大剪特剪，散亂的碎髮像黑色的蒲公英一樣隨風起舞。晏秋有點害怕，她擔心他會把她剪成個男人。

結束了！威廉說著，收起剪刀，晏秋擺擺頭，明明沒有風，她卻感覺頭髮有微風拂動的效果。春曦一臉佩服地望著威廉：你在哪學的？這要學多久？我從沒見過像你這樣剪髮的理髮師。

髮型師！威廉糾正她，說：在動態中剪髮，剪出來才不呆板，不生硬。

晏秋想起她以前一個老師，每次新理了頭髮來上課，教室裡至少要吃吃地笑上兩天，因為實在太滑稽太難看了。

春曦也湊上來讓他剪，威廉卻說：今日元氣耗盡，不宜再剪。

春曦狠狠砸了他一拳：你在絲諾一天要剪那麼多，也沒見你精盡人亡啊！

無異於兜頭一記炸雷，晏秋差點暈厥過去，春曦這張嘴有時真讓她受不了。但威廉無動於衷，春曦更是平靜如初。

受他們影響，晏秋也敢大膽地望著威廉放肆地笑了，她發現，威廉看上去不苟言笑，實際上卻很隨和，細一想，這一點都不奇怪，如果他真是看上去的那種人，也就不可能跟著兩個女孩子漫無目的地閒逛了。

那天他們的第一次三人遊以威廉被臨時叫走而告終。他接了個絲諾的電話，就匆匆往回走了。

春曦望著他的背影說：他每天要工作十幾個小時，傍晚這會兒，是他一天中唯一的休息時間，也是他的晚飯時間，這個時間沒有哪個人是閒人，除了我，現在又加上了你。

那他晚飯怎麼辦？

要麼我們一起在外面吃點，要麼回到絲諾後抽空偷吃兩口。

這樣對胃不好。

你不覺得快樂比胃重要得多嗎？我喜歡我們三個人在一起的樣子，你們倆那麼帥、那麼美，我又那麼有氣質，我們在一起，就是宜林精華的集合。

晏秋害羞地捧住臉，這是她新發明的動作，只要春曦防不勝防說出什麼令她羞愧和震驚的話，她就以這個動作來抵擋。

可惜，明天不能陪你們逛了，明天我媽要來。討厭，幹嘛總往我這裡跑啊？

春曦的老家在鄰縣，離這裡兩個多小時車程。晏秋只看到過一次春曦的媽媽，也是快要下班的時刻，她一臉興奮地向儲蓄所走去，遠遠地就見一個豐滿矮小的中年婦女拎著保溫桶，站在門口。

晏秋慢下腳步，一般來說，如果顧客很多，她會在外面等，免得妨礙別人辦業務。

一直等到春曦出來，正要迎上去，只見春曦萬般不耐煩地衝那個婦女吼起來：哎呀，你還沒回去呀？回去回去回去，快要趕不上車了啦我的老祖宗！

春曦從後面往外推那個中年婦女，中年婦女一臉又笑又氣又無奈的表情。直到春曦把那個中年婦女推上馬路，晏秋才閃出來，春曦說：看到沒，剛才那個就是我媽，今天中午來的，給我送了好多吃的過來。

為什麼不留她住一晚再走？

她是想留呀，我把她趕走了，我不想她看見威廉，她要是看見他，肯定神經個沒完。

晏秋模模糊糊有點理解，但還是覺得春曦太過分了。

你不知道她有多煩人，當年就是她，非要給我報那個大學，你知道我是什麼專業嗎？計畫生育管理。我寧肯說我沒上過大學，也不想說出那個專業。

晏秋拚命憋住笑：還有這個專業啊？我第一次聽說。

當年我成績不好嘛，她找關係幫我錄的大學，沒太多選擇，是個大學就行。

晏秋聽了心裡難過，如果自己的媽媽像春曦的媽媽一樣，她現在肯定也是大學畢業，底氣十足。

還好我最終沒去做計畫生育管理工作，她知道我反感那四個字，所以我才到這裡來，因為她有個當官的同學在這裡。

多好啊。

晏秋感嘆的是她媽媽真好，但春曦顯然誤會了她的意思。

好什麼好啊，大鐵門，不鏽鋼柵欄，像坐牢一樣，我好盼望有人來搶銀行啊，搶光了我就可以換工作了。

話雖這麼說，春曦一路還是回了好幾次頭，直到她媽媽矮小的身影消失不見，然後她難得地沉默了一小會兒才說：養孩子真沒意思，不是嗎？

如果都像你這樣想，就沒有你那個計畫生育管理專業了，你也就沒有大學可上了。

春曦猛地回過頭來，兩眼放光：這是我認識你以來，你說的最有水準的一句話。

走啊走啊，去開屏啊！春曦一邊從儲蓄所更衣間往外走，一邊迫不及待地向晏秋做著手勢。

晏秋腦子裡常常不由自主浮現這一幕。

那時的春曦喜歡將各種鮮亮的顏色堆疊在一起，活像一個水果拼盤，看似毫無章法，卻自有一股孩童般的天真爛漫，加上她的頭髮又是自然捲，更顯得瘋瘋癲癲無所顧忌。如果是雨天，她會舉一把透明的直把小雨傘，被雨傘罩住的春曦，似乎比直接裸露在空氣中的春曦更加鮮亮了。

今天去哪裡開屏呢？

春曦塗上少女們最愛用的亮晶晶糖果色口紅，肆無忌憚地朝晏秋發出邀約的大喊。晏秋羞赧不已，慌忙四下打量，總有些目光像驚起的麻雀般朝她們投來。晏秋恨不得找個地縫鑽進去。

你怎麼能用開屏來形容自己呢？晏秋低聲嚷道。

穿得美美的去逛街，不就是去展示自己有多漂亮嗎？那不就是開屏嗎？

我們只是去散步好嗎？

對啊，坐在家裡給誰看？

無論如何，晏秋還是不能接受一個連男朋友都還沒有的姑娘，把打扮得漂亮一點去逛街的行為說成是去開屏。你可真敢說！你們學計畫生育管理的人都是這麼說話的嗎？

你這是種病，說句話都得想想說得對不對、妥不妥，那哪行？你得去瞧病去。

晏秋連連搖手，示意她不要再說下去了。

搖什麼搖啊？都不敢正視自己，何談個性？

普通人需要什麼個性？誰又在乎普通人有沒有個性？

別的就不說了，難道你不想吸引男人？如果你既不開屏，也沒有個性，你憑什麼吸引到男人？

那就不要好了，沒有男人活不下去嗎？像現在這樣跟你一起在暮色中走一走聊一聊，對我來說，這已經是幸福時光了。

你從不說真心話。

這就是我的真心話，難道你不喜歡跟我一起散步？

看起來是散步，實際上就是招搖過市，到處開屏，你要勇於承認真相。

晏秋總覺得春曦的講話風格跟她大學裡的專業有關，雖然她並不知道計畫生育管理專業究竟要學些什麼課程，但既然跟生育有關，肯定跟兩性有關，既然跟兩性有關……她想不下去了。好吧，包容她，畢竟，要允許朋友跟自己不一樣，畢竟，她現在是自己唯一的朋友。

她們通常在走完兩條馬路後，就來到清江邊，她們在江堤上走走停停，聞聞水腥味和岸邊的蘆葦香。春曦這時往往會變得安靜點。

我不敢盯著江水看。

晏秋問她為啥。

春曦盯著江水回答：我能看到自己以江水一樣的速度老去。

晏秋撲哧一笑：這話可不像你的風格。

春曦還是盯著江水看。

晏秋去拉她：你不是不敢盯著江水看的嗎？

春曦不耐煩地甩開她的手：不敢看，不等於不要看。

晏秋停下來等她，直到她終於從江面上移開視線。也許是江水的反光改變了她臉色，晏秋覺得她的臉似乎真的發生了些變化，她變白了，原來的紅暈消失了很多，眼窩也微微陷了下去，她本來有一雙飽滿的肉眼。

兩人之間有一小段沉默。

我們怎麼辦？春曦抬眼望著被夕陽餘暉撕扯得襯衫襤褸不堪的天空。

晏秋大驚：怎麼啦？我們不是過得挺好的嗎？

春曦吐了幾口氣，重新恢復成她盯著江水看之前的表情，笑嘻嘻地說：我就說了我不能盯著江水看吧，我一看它腦子裡就會出問題，就會胡言亂語。好啦，我回來啦。

但晏秋一直為這天的事耿耿於懷，當著春曦的面，承認自己對江水毫無感覺似乎是很丟人的事，無奈她就是什麼感覺也沒有。後來，她找了個機會，一個人來江邊，盯著江水看，她想看看她到底能不能從水面上發現什麼異樣。
看了很久，直到眼睛發疼，發痛，腦子裡也沒出現任何問題，她盡量回憶春曦盯著江水的樣子，模仿她的情態，還是一無所獲。難道春曦聽得懂近乎無聲的江水在對她說著什麼？難道春曦和江水之間有什麼暗語？
記得春曦還有一次也說過，她不敢上清江大橋，尤其不敢站在欄杆邊往江裡看，晏秋笑她有懼高症，春曦不屑地白了她一眼：除了懼高你還知道什麼？白痴！什麼都不懂！晏秋冷不防被她重重擊倒，半天喘不過氣來，一直以來，她最擔心的就是春曦會瞧不起她，畢竟她上過大學，哪怕學的只是計畫生育管理，也比她這個高中沒讀完的幼師強。
不過後來晏秋終於還是搞清楚了，春曦之所以不敢站在橋上往下看，是因為她看著江水茫茫蒼蒼而來，浩浩蕩蕩而去，會有一種強烈的想要跳下去的衝動。
你是說，江水勾起了你想要自殺的衝動？
春曦又白一眼：哪有你這麼問的？有些話能說透嗎？不要這麼無趣好不好？
晏秋心裡撕裂了一下，但她傻笑幾聲掩蓋過去了，無論如何，她不能因為生氣而失去春曦這個朋友，她在此地唯一的朋友。
朋友是有排他性的，她本來還有幾個同學，可以偶爾來往，但自從她走近了春曦之後，那幾個中學同學就變得寡淡如白開水，而她們也意識到了她的變化，埋怨她「眼睛長到額頭上去了」，從此不再親密。

她們的逛街總是從兩個人開始，三個人結束，威廉的下班時間沒那麼準確，通常都比她倆晚，所以她們總是在逛街快要結束時，才打電話給威廉，告訴他她們在哪裡，威廉也總是果斷地說：那麼，你們在某某等我吧，我十分鐘後趕到。他說的某某往往是個餐廳，或者某個不錯的路邊攤，他們三個人會在那裡用個簡單的晚餐。

再簡單也是晚餐，而且是三個人的，威廉從不讓她們掏錢，他對她們想要掏錢的動作相當生氣。請不要侮辱我！他很嚴肅地說。春曦提出ＡＡ制，他也不同意：給我留點面子好嗎？晏秋提出索性各自回家吃飯，春曦又不願意，合租房裡她沒有租廚房，沒法弄飯給自己吃。晏秋說，那正好，你跟威廉一起吃，我回家。春曦給了她一個大大的白眼：如果我們真的想要在一起，為什麼要被一頓飯打散呢？

有天傍晚，他們三個人正往吃飯的地方走，春曦突然停下來，跟一個人打招呼，那人一看就是她的同事，因為她正穿著深藍色的銀行制服。

跟朋友聚會呀？真好。同事笑容滿面，一邊跟春曦說話，一邊騰出空來跟晏秋和威廉點頭致意。

得知同事剛剛從辦公室出來時，春曦很驚訝：不是老早就下班了嗎？

同事立即換上一副愁臉：煩死了，明明是信貸部門的事，偏偏要把我拉過去幫忙，家裡還有一大堆事等著我呢。

好好好，快回去吧。春曦揮別了同事。

直到一起在餐桌邊坐定時，晏秋才發現春曦有點不對勁，兩眼發直，神情恍惚。她碰了碰她：想什麼呢？威廉也注意到了，慢悠悠地說：被那個同事勾起了心事。

春曦沒有否認：你們知道嗎？據說兩年前，她的辦公桌就在我的對面，一般人要在營業網點熬上七八年上十年，才能到機關職能部門去，有的甚至要在營業網點幹一輩子，她只用兩年就完成了這個跨越，聽到她剛才的話了嗎？她本來不是信貸部門的人，下了班卻被信貸部門拉去幫差，也許過不了多久，她就能調到信貸部門去了，那可是個人人都想去的好地方。

你也可以的。威廉拿起水杯喝了一口：只要你想。

想也沒用，還要做得出來，據說她在營業網點時，常年幫機關某人打理家裡的花卉，因為她家有人在園藝所上班，我有什麼？一沒有資源，二沒有厚臉皮。得了，我還是像現在這樣，下了班就在街邊蹓躂蹓躂，虛擲大好時光吧。

即便這樣，你仍然是我們偉大祖國主流隊伍中的一員。名冊上也許是，但實際上，我是站在最邊邊兒上的那一個，誰也看不到我，在他們眼裡，我並不存在，但我不在乎。

邊緣人也有邊緣人的優勢，起碼你是自由的，對吧？威廉專注地望著春曦，春曦卻漫不經心地望向遠處。

我早就是邊緣人了，從我媽讓我去讀計畫生育管理專業開始。

別身在福中不知福，如果不是她採取曲線救國的辦法，你可能連大學都讀不上，那才是真正的邊緣人呢。

咦？你很懂上大學那一套啊，對了，你參加過高考嗎？春曦終於望向身邊一直跟她對話的威廉了，顯然，她認為像威廉這樣的手藝人是沒有經歷過高考的。

威廉拿起他面前的水杯，做出喝水的樣子，但並不喝，也不說話，靜靜地、古怪地看著春曦。

晏秋這次沒有加入他們的鬥嘴，她在琢磨邊緣這回事，晏秋的同事，就是剛才那個穿著制服剛剛結束加班準備回家的人，那種人絕對不邊緣，不僅不邊緣，還在一天比一天更加接近中心，從她心甘情願加班這件事就可以看出來，她被需要著，也以被需要為榮，不像春曦，下了班就迫不及待地離開單位，跟他們這些外面的人玩在一起。再想想自己，其實也是這種情況，園裡也有下了班還在為幼稚園操心的人，不用說，管理層都是這樣，就連有些老師，甚至保育員，都有這種趨勢，她們下了班並不急著回家，在園裡逡巡著，一不小心就被領導看見，被叫去幫一些小忙了。她也想過不要太急著走，要稍稍停留一會，看看園裡有沒有需要她的地方，她試過一兩次，結果很尷尬地發現，她完全是多餘的，那幾個常常磨蹭著留下來的人，奇怪地問她：你怎麼還不走？被人家這樣一問，她想留下來也沒道理了。出了門她就想，可能留下來繼續為園裡操心這種事，根本輪不到她，她根本沒有資格擁有無償奉獻的機會，換句話說，這個幼稚園一點都不稀罕她的奉獻。

現在她知道為什麼春曦會跟她一拍即合了，她們是一樣的人，別看工作單位不一樣，個人配置也不一樣，但有一點她們是一樣的，她們在各自的集體裡，都是邊緣女孩。

你真的不想回來一下嗎？晏秋問出了這句憋了很久的話。

這是威廉死後晏秋給春曦打的第三通電話。

第一通電話她報了死訊，也許是太意外了，春曦在那邊沒說幾個字，除了幾聲短促而沉重的嘆息。晏秋猜她已經難過得說不出話來。第二通電話裡，她跟春曦討論了威廉溺水而死的幾種可能。春曦你說，那些找不到的屍體最終都去了哪裡？真的被魚吃了嗎？那得是多大的魚啊。春曦罵她：你不至於發瘋吧？至於嗎？多少人是橫死的？我看你就是無聊！有這閒功夫還不如去給兒子講故事。晏秋看一眼兒子，他正跟家裡的狗躺在一起，狗像保母一樣麻木而順從地當他的靠墊。一個比喻突然冒了出來：很奇怪，我不覺得他死了，我感覺就像是家裡突然丟了一件挺重要的東西，怎麼找也找不到了。春曦再次憤怒相向：那就不要找了，活著的重要，還是死去的重要？如果不想桔子那麼小就攤上一個神經病媽媽，你就給我振作起來。

晏秋一再請求春曦回來一趟。

我回來有什麼意義呢？不是連屍體都沒找到嗎？

晏秋無言以對，因為沒有遺體，也就沒有骨灰罈，沒有追悼會，沒有喪禮，什麼都沒有。而這些都沒有的話，晏秋覺得也沒有必要去弄一個遺像來陰森森地掛在家裡。

何況母親反對把那些東西弄到家裡來。年輕人走了就走了，不要大張旗鼓，不像老人，那是紅喜。這大約就是上門女婿的悲哀，威廉在她們家雖然比那些上門女婿自如一點，但終究還是屬於比較沉悶的一類人，歷來只有上門女婿巴結丈母娘的，萬萬沒有丈母娘去巴結女婿的道理，偏偏威廉是個言語簡短的人，他不說話，母親的話理所當然就更少，晏秋夾在中間，連睡覺都不敢放鬆。她跟威廉計畫過，再過兩三年，等孩子上幼稚園的時候，就去買個小套房，趁機搬出去住。現在看來這個計畫肯定是告吹了。唯有提到桔子，母親臉上才有點悲慟之色。秋兒我跟你說，什麼都不要告訴他，只當從來就沒得那個人，反正他也記不住。這一點，她跟母親前所未有地意見一致。還是春曦說得對，既然要死，不如早死，這樣的話，留給桔子的世界就算是殘缺，也是完整的殘缺，比在前進中出其不意地出現破損要好。

要不，我來看你吧，我們好久沒見面了。

算了吧，我可沒時間陪你，我馬上又要出差，要去很遠很遠的地方。

要不，我陪你一起去出差，我們在路上聊聊？我保證不會妨礙你工作。

瘋了吧你？趕緊走出來，不要故意把自己死死按在這件事裡面。以你的姿色，趕緊再嫁一次毫無問題。只要進入一份感情，你很快就會忘掉他，這是科學。

怎麼你現在跟我媽一樣的腔調？你以前不是這樣的。

老人手裡全都是生活的智慧。

問題是，我不想忘掉他。

他沒你想的那麼好，相信我。

不，是我沒你們想像的那麼好，桔子出生以後，不知為什麼，我們突然有點疏遠了，也許是因為我變忙碌了，因為桔子時時刻刻都需要我，也許是……我甚至想過可能是荷爾蒙發生了變化，總之，我感覺我不再那麼需要他了，因為不需要，也就慢慢失去了熱情。你明白了嗎？我和他之間不像以前那樣了，我們都知道不一樣了，但又都懶得去找原因，就這麼一天天拖著往前走。但我真的沒想到會出現這種結果。我後悔得要命，我不該那樣對他的，我應該更熱情一點。我做得到。

也許這只是你的角度，你的看法，也許他並不這樣看。

他有感覺的，有一次他突然對我說：我感覺這個家就算沒有我，你也能支撐起來了，這我就放心了。我忙問他要去哪裡，他馬上又縮了回去，他說我哪裡都不去，有感而發而已。你說，他會不會是因為對我、對這個家感到失望，所以才去做了蠢事？

想這些都沒有用，人已經走了，你不如趕緊給桔子找個新爸爸。威廉只當了他十個月的爸爸，那個人卻會當他一輩子的爸爸，哪個更重要？

你以為新爸爸這麼好找？又不是買東西。

去開屏呀，把自己打扮得漂漂亮亮的，你有著落了，桔子就有著落了，為了桔子，你也得這麼做。

去你的！就算開屏也得有人陪伴呀，你不在，我一個人怎麼去開屏？我不可能再回來了，我家又不在宜林，我瘋了我回到被人家逼到辭職的地方去？

掛掉電話，晏秋有了主意。既然春曦不可能回來，那就只有她跑一趟了，總之，她不可能這輩子都不再見春曦。

寬鬆　粗糙　暗淡

宜林地處兩條大江的交匯處，一邊是清江，一邊是長江，地處兩江夾角之內的宜林，主商業區竟然也是個三角形，叫做三角街。最古老的當屬麵館，就是門頂上寫著一米見方的繁體「麵」字的那家，門面不大，但已是整整三代人的固定營生。

那時她們約好，一天只逛一條街，這樣才能保證把每家都逛透。春曦抱怨：他們進貨的頻率太低了。晏秋不敢吱聲，很多時候，她們無休止地逛服裝店，熱熱鬧鬧地試衣，忙得渾身是汗，臨到成交，晏秋卻挑剔起來，百般不如意。她的收入不如春曦高，又不想承認沒錢，就用文弱的聲音說：我想找的不是合身的衣服，而是能夠提升我的衣服。

春曦嗤道：那你別想在這裡找到，你得出去，到外面去，到大城市去。

當然不可能，首先她們幾乎都沒有出去的機會，她們都要上班，都要面對嚴格的考核，其次大城市的衣服特別貴，春曦有次告訴她，有個給行長開車的司機，隨領導來到一家富麗堂皇的購物中心，他知道這裡的東西都很貴，就很低調地去看圍巾，心想再貴也不過是條圍巾，一條圍巾我總還是買得起的。結果一看價格，直接就逃出來，到車上睡覺去了，那條看上去普普通通的圍巾，竟要差不多一萬五千塊，而他老婆去年替他買的那條，長得跟它差不多，只要一千多。

晏秋相信不是每個大城市人都會去買那種圍巾，但她不予反駁，她怕一來二去，會暴露她沒上過大學的實情，也許春曦已經知道了，但春曦若不說穿，她就當她並不知道。

還有一件事也很棘手，晏秋已經應付不來頻繁的逛店了，即使她把收入全都用在了買衣服上面，也是不到月底就變得赤貧。

是從一個雨天開始出現轉機的。她們站在儲蓄所外面的臺階上，眼巴巴地望著雨，那天的雨真大呀，像天地間密密麻麻豎起了無數透明的麵條。看樣子一時半會是停不下來了，春曦提議，去她的宿舍坐坐，順便整理整理她的衣櫃，早就該整理了，但她一直提不起興趣。晏秋求之不得。那套三居室的套間被分成了三份，屬於春曦的斗室裡沒有別的家具，只有差不多一面牆那麼大的衣櫃，外加一個跟衣櫃差不多高的穿衣鏡，兩人一進門就打開衣櫃，春曦把淘汰下來的衣服專列排放，晏秋在裡面隨便翻了幾下，很快就發現了寶藏。我更喜歡你以前的穿衣風格。晏秋埋首在那堆舊衣服說。

我那時候走淑女風。

淑女風不好嗎？晏秋拿起一條皺皺的波點裙，在鏡子前轉來轉去比劃。

大概這幾年我變了，衣服跟人也就不和諧了。

晏秋把自己裝進那條白底淡綠色波點半裙裡，鼓起勇氣說：不和諧了就給我吧，閒著也是閒著。

春曦原本歪躺在椅子上，頓時活了過來：天哪！這是我一度最討厭的裙子，為什麼你穿上這麼漂亮？

人和衣服的關係，就跟談戀愛一樣，你的魔鬼，別人的天使。本來她還因為撿別人的舊衣服而有點羞慚，春曦一句話讓她徹底改變了態度。

好像你談過戀愛一樣。

理論總是知道一些的。

春曦找出熨斗，當場熨好，要求晏秋立即換上。比你身上的褲子不知好看多少倍。晏秋開心地在鏡前扭來扭去。春曦突然一臉失落：我明白了，我所有的衣服，可以說都是為你準備的，因為你的尺碼剛好比我小半號，所以你穿起來效果反而比我好。

春曦翻出一套大影集，讓晏秋看看她大學時代的風采。

大量的校園合照，寢室合照，教室合照，晏秋貪婪地打量照片上的背景，以及跟她合影的人，她得出結論來了，大學一是寬敞，哪裡都很寬敞，二是男女生之間終於消除了界限，一起拍照，可以挎著胳膊，可以摟著脖子，可以頭挨著頭，甚至可以男生跟女生擁抱在一起。

怎麼樣？看出我那段時間的著裝風格了嗎？

哦……晏秋驚醒過來，趕緊去打量照片上春曦的穿著，隨口敷衍道：你那時候就很有個性呀，你喜歡穿寬鬆的，粗糙的，暗淡的，頭髮也比現在短很多。

你說對了，我那時候憎惡一切柔軟的、花裡胡俏的、輕飄飄的，總之，我憎惡一切女性化的東西，我穿男性化的衣服，腳蹬翻毛皮靴，舉止誇張，聲音豪爽，我被他們叫做假小子，實際上，我覺得我才不是假小子，我是真小子，真漢子。

是因為你所學專業的原因嗎？你想藉此擺脫專業帶給你的羞怯和不適？

春曦站起來抱了她一下。

難怪我會跟你混在一起！連我自己都是後來才悟出的這個道理，我討厭那個專業，討厭跟男人一起討論生育和生育器官，如果可以，我寧願說我從來沒有讀過大學。

晏秋繼續在春曦的舊衣堆裡翻找，她愈來愈坦然，把春曦扔掉的舊物當作寶貝撿回去，這本身就是好朋友之間才會有的行為，這行為本身就是在給春曦面子。她索性對春曦說：我看以後乾脆這樣好了，你去買新衣服，我來穿你淘汰下來的舊衣服。

春曦剛罵了她一聲沒出息，威廉的電話就來了，他問她們在哪裡。他已下班，很快可以過來跟她們會合。

春曦讓威廉找好吃飯的地方，她們會儘快趕過去。

晏秋要脫下裙子，春曦攔住了她。穿過去，聽聽他怎麼說。

晏秋打量鏡子裡的自己，質地挺括的卡其布上衣，配上軟糯淡雅的波點長裙，粗獷的寬帆布皮帶在腰間隨意纏繞，扁塌無力的腰肢立即挺拔起來，有點硬朗與柔媚並存的味道，春曦一屁股坐在椅子上。我後悔了，我為什麼要把你打扮得這麼漂亮？我不是應該把你往醜裡打扮嗎？

為什麼？晏秋哈哈大笑，她也覺得這是她打扮得最好看的一次。她一直期待的打扮正好是這樣的，不是最新的，也不是最貴的，而是最能掩蓋她的本來面目的。城郊、高中沒畢業、徵地換工作、沒有編制、沒有工作的媽媽……，這些都是她一直渴望掩蓋的，她提醒自己不要去想它們，免得想法會外化在面孔上。現在她放心了，她再也不用刻意提醒自己忘記那些事情了，她只要學會穿衣就行，穿衣可以改變面孔，改變氣質，穿對了衣服，那些她暗暗擔心的東西統統都會消弭於無形。

明知威廉已在約定好的地方等她們，春曦還在衣櫃裡不慌不忙地挑選著。

你以為只是出去吃飯這麼簡單嗎？每時每刻都必須保持在開屏狀態。她一邊把頭探進衣服堆裡翻找一邊自言自語。

兩人終於瘋瘋傻傻地趕到時，威廉早已在那裡喝完一瓶啤酒了。晏秋第一次從他臉上看到了意外的表情，在此以前，他從來沒有像今天這樣看過她。

好幾次，只要站起來，晏秋就發現，威廉的眼睛總在她腰間那一帶逡巡，那天他們吃的是火鍋，發現了這一點後，晏秋把添菜和添調料的機會全都搶了過來，故意挺胸吸腹，一趟一趟往自助區跑。

春曦不經意間說起自己單位裡的事，上面要裁員，如果有意主動離開，這次還可以按照年資給予一定補償，以後就沒有了。

你可別走。晏秋本能地勸阻她，她聽說過這類政策，趁機走掉的多半是些晉升無望的人，要不就是年紀偏大的，反正快要退休了，還能平白無故多拿一筆錢，何樂不為？一般正值上升期的員工，沒一個走的，畢竟，挪窩並不容易。

你覺得呢？春曦用胳膊肘捅了捅身邊的威廉，他正不動聲色地盯著再一次朝調料站走去的晏秋的屁股，被春曦一捅，倏地收回目光，但他知道春曦剛才在說些什麼，機靈地扶了扶額，調整了眼神。

不要走，你走了我們怎麼辦？我們三個一個都不能少，少了一個都不好玩。

自私！你就只考慮你好玩不好玩嗎？你就不為我的前程考慮考慮嗎？

你又不是行長副行長的，談什麼前程，老老實實上班吧，別想那麼多。

就知道你根本就沒心思跟我說這個，你的心思全在晏秋的屁股上。

威廉正不知所措，春曦又問：怎麼樣她今天的打扮？我的設計師。

早知道你有這才能。

得了吧，是人家長得不錯。片刻，又悻悻地說：她以前都被那些俗氣的東西埋沒了。

威廉替晏秋燙牛肉，小心地放進漏勺，待變色均勻，立即撈取，盛給晏秋。晏秋擺手說不要了不要了，威廉不吱聲，又夾起一撮，放進漏勺。

春曦突然提高聲音說：算了，我覺得我還是走好了，反正我也不是很喜歡這份工作。

現在？飯都不吃完就走？

兩個人都被威廉逗得笑起來。

我實在受夠這個地方了，又窮，又土，又小，沒一樣好。

我倒覺得挺好的，水量豐沛，兩江環抱。

你是熱帶作物嗎？還水量豐沛！

判斷一個人跟所處的城市是否適合，要看這個人是否能夠身心放鬆。

你原來在哪裡？那裡不能讓你放鬆身心嗎？

威廉卻突然轉向晏秋：你的調料拌得真不錯，可以再給我來一份嗎？

晏秋應聲朝調料站走去。

支走晏秋後，威廉認真地對春曦說：看到沒有？你應該向她學習，少說話，多做事。別裝了，你的心有多大別以為我不知道，你一看就不屬於這裡，這裡也盛不下你。

你錯了。威廉的目光變得冷淡起來：我覺得這裡很好，很放鬆，很適合過日子。人最終是要找到這樣一個地方的。

這是中老年人才會說的話。

有些人看起來年輕，可他已經很老了。

沒想到你也這麼俗！

春曦丟下這句話，突然起身走了，晏秋跟威廉面面相覷，說不出話來，卻也只能隨她去，反正她這樣也不是第一次了。

威廉送晏秋回家。

當他們三個人走在一起時，常常不是我撞到你，就是你撞到他，從來沒人不自然，而現在，晏秋始終跟威廉保持著兩個拳頭的距離，仍然感到呼吸不暢。當然，她盡量克制，盡量深呼吸以保持氣息平穩，同時盡量看清地面，以免在恍恍惚惚間跌倒。

走了很遠，他們什麼也沒說，像兩個真正的趕路人，幸好路邊一直吵吵鬧鬧，替他們分擔了一些無話可說的尷尬。晏秋不是一個會閒聊的人，跟春曦在一起有說不完的話，那是因為春曦是一等一的閒聊好手，話題都是由春曦發起的。現在，她搜索枯腸，找不到一點可以用來閒聊的談資。

還好威廉說起了春曦。

如果你是春曦，你如何選擇？威廉突然問她。

我嘛，我可能更願意選擇留下來。

你經歷過重大選擇嗎？

晏秋就說起自己的工作，奇怪，她一直刻意隱瞞春曦，在威廉面前卻毫無障礙。她講母親讓她中斷學業，又講母親為取得徵地補償的種種招數，一夜之間長出來的青苗，母女倆挖出來的井，還有井裡的水桶。聽到水桶，威廉哈哈大笑起來。這是晏秋第一次聽見他快活地大笑。

有一個強勢的母親，對兒女來說未必是壞事。威廉說。

你呢？你媽媽強勢嗎？

威廉臉上一暗。她不是那樣的人。他說，然後掐斷這個話題。晏秋馬上提醒自己，沒有男人喜歡在外面講家裡的瑣碎小事。

春曦的媽媽怎樣？威廉突然問。

晏秋講到在儲蓄所門前看到的那個小矮個女人，她似乎不敢惹春曦生氣，春曦在她面前也不大禮貌，媽媽大老遠來了，也不想著招待一下，反而不耐煩地說：你走吧你走吧！像趕雞一樣。當然，她有她的想法，媽媽要去趕最後一趟長途汽車，她是擔心媽媽去晚了趕掉了車。

她看到威廉的嘴角浮上了笑意：很羡慕你們女孩子，可以跟家人這麼親密。

男人也可以很親密呀，我就見過。

她還沒說完，威廉就開始搖頭，一直搖。

愈往江邊走，晏秋愈不自在，她了解江邊的夜晚，除了女性同伴，就是戀愛者的天下，到處都是在昏暗中摟抱在一起佇立不動的情侶，有時甚至能聽見持續不斷的濕潤的啾啾聲。

呃，要不，等下次春曦在時我們一起去吧。

她有點擔心春曦的反應，春曦當然知道夜晚的江邊都是些什麼人的天下。

威廉笑起來，正要說話，電話響了，他笑得更厲害了：你來呀，趕緊來呀，我們剛剛走到江邊橋頭這裡。是啊，正準備往江邊走呢，當然是我和晏秋兩個人。

掛了電話，他告訴晏秋，是春曦，她說她馬上過來。

晏秋一點都不感到意外。不過她總算舒了一口氣。他們在橋頭找了個地方停下來，靠著欄杆吹風。

春曦是坐三輪車過來的，一下車，她就撲到兩個人中間，趴到欄杆上，輕輕啜泣起來。晏秋嚇了一跳，去拉她，在她耳畔問她，她都不理，啜泣聲濕濕的。

威廉也去安慰她，她身子扭了兩下，想要把他彈開，他依她的，站開了一點，過了一會，又走近了她，這一次，他伸出手臂整個兒把她攬在懷裡，強迫她站直。晏秋第一次看到滿臉淚花的春曦，嚇了一跳。

什麼都別說了，我就問你一句：想去喝酒嗎？

春曦張開哭咧咧的大嘴，響亮地回了一句：想。

晏秋和威廉相視一笑，晏秋攔了個車，威廉扶著春曦，三個人朝夜市方向趕去。

春曦早已停止哭泣，眼淚讓她的雙眼更明亮，鼻頭也發出瓷器般鋥亮的光，但聲音還有哭過的痕跡。告訴你們，今天我要喝醉！

春曦最終並沒有喝醉，倒是威廉有了些醉意，當他去了一趟衛生間回來時，兩眼發紅，鼻頭也發紅，而且百分之百洗過臉了。

想起曾經的戀人了嗎？春曦問。

威廉老老實實地回答：我想起了我爸爸。

那天傍晚，晏秋下班後，照例朝春曦的儲蓄所走去，路上，一個騎自行車的人猛地從斜裡躥出，差點把晏秋撞翻在地。走出好遠，晏秋的心臟還在一個勁地猛跳。後來她想起這一幕，總覺得這是個了不得的提醒，可惜她當時未能悟出。

押款車已經來過而且開走了，一起值班的中年女同事竟然還沒走，喜孜孜地跟春曦坐在一起啃西瓜。這很不尋常，平時同事都是跟押款車一起走的，家裡很多事等著她，她從來都是迫不及待。

快來吃西瓜。兩個人向晏秋喊道。

中年女同事補充：其實不是西瓜，是喜瓜。同時一臉壞笑。

晏秋問怎麼回事，誰的喜事。

同事一抬下巴：還能有誰？當然是你的好朋友。

晏秋做出一副誇張的表情，春曦笑而不語，只顧吃瓜，晏秋只好望向她同事。

同事擦擦嘴，擦擦手，煞有介事地緩慢開講。

今天上午十一點一十三分，我專門看了錶的，這個時間絕對錯不了，你的好朋友，春曦小姐，突然把手上的筆往桌上一拍：真的要在這裡坐看年華老去嗎？會不會是我坐的地方太隱蔽了，我的白馬王子找遍全城也找不到我，最後無功而返了？沒過多久，中午十二點半，在事先完全沒有接到通知的情況下，突然有領導親臨儲蓄所檢查工作來了，除了工會和人事部的人，還有一個新調來的副行長，又高又帥，風度翩翩，一來就跟我們的春曦小姐對上眼了，問起儲蓄所一些情況，看都不朝我看一眼，只顧望著春曦說話，就像儲蓄所是她一個人開的。又問她在儲蓄所工作感覺如何，她說什麼都好，就是工作量太小，工作太簡單，恐怕要提前得上老年痴呆症。你得承認這就是春曦的本事，這種話一般人哪敢對領導說？春曦就敢說，而且領導還愛聽，兩隻眼睛笑得像豌豆花。又問起她個人情況，你猜她怎麼說的？你怎麼都猜不到，她小脖子一挺，大大方方說：兩個字可以概括：待嫁。副行長的嘴一直沒有合攏過，陪同副行長來的兩個人也跟著笑嘻嘻的，人事部門的那個女的趁機問：春曦想嫁個什麼樣的人呢？告訴我我去幫你搜羅。春曦朝副行長的方向抬抬下巴：就他這樣的。你猜怎麼樣？儘管副行長哈哈大笑，但他的臉紅了，我看得清清楚楚，一直紅到耳朵那裡。春曦，你牛！這麼多人，我只服你！

牛什麼牛啊，我只不過眼疾嘴快，有什麼說什麼而已，不像你們，個個深藏不露。

晏秋卻有種不妙的預感。

你就不怕你的同事把這事到處傳播嗎？當她們開始像以往那樣漫步時，晏秋終於說出了自己的憂慮：萬一被那個副行長的老婆知道，她會怎麼想？

哎！春曦停下來，生氣地望著晏秋：你聽不懂我的話嗎？我的意思是，他那樣的人，又不是指他本人。

我當然懂，可萬一你同事講走樣了呢？就算她沒講走樣，聽的人會不會聽走樣呢？

那我可管不了。

路上，碰到春曦一個熟人，大聲跟她打過招呼後，熟人大聲問她：聽說你今天宣布了一件大事？

什麼大事？

你說你要嫁給新來的姜副行長。你自己說的怎麼就忘了？

春曦正要說話，熟人一抬腿，夾著自行車笑嘻嘻地騎走了。

你看！我說什麼來著？

儘管這麼說，晏秋還是非常吃驚，因為那個同事也就跟她們前後腳離開儲蓄所，沒想到這麼快就有人知道了。晏秋彷彿看到這一消息正被複製成無數條，撲閃著翅膀，像那個熟人的自行車一樣愉快地穿行在城市的大街小巷。

就連春曦，臉上也有了一絲慍色。臭大嘴巴！

說不定大嘴巴還不止她一個，你說那句話的時候，在場一共有多少人？

有兩個是機關裡的人。

那麼，現在的傳播速度還要乘以三。

春曦突然生起氣來：我算明白了，他們，所有那些人，他們都不是真實的人，他們說話做事，都不是發自內心，而是在搞外交，所以他們永遠無可挑剔。

趕緊想想會有什麼後果，提早做點預防。

我才不管呢，有什麼後果都來吧，我才不怕呢。

絲諾裡面只有兩種顏色，除了黑就是白，店員一律全黑裝束，連吹風機和剪刀都是如此，除了黑色，就是亮得晃人眼睛的鏡子，到處都是鏡子，乍一進去，眼花撩亂，得定一定神，才知道怎麼邁步。如果是初來乍到，人還在門口，眼已經花了，六神無主心中發慌了。裡面清一色的小夥子，從頭到腳的黑衣裹著他們修長扁平的身體，斜掛在胯上的琳琅滿目的工具包，以及別在左胸口的白色工號牌都在不容置疑地證明著他們的專業，以及業內水準。

威廉是絲諾的首席造型師，她們倆去那裡，有種半客半主的感覺。她們在路上就定好了，這次春曦只洗頭，因為她上個月剛剛做過新造型，她認為晏秋的頭髮需要好好打理一下，上次威廉只不過邊走路邊替她剪了幾剪子，經過幾個月的瘋長，早就沒型了。

不用晏秋提任何要求，威廉托著她的頭髮在鏡子裡撥弄了一陣，就開始動作。剪刀在她脖頸窩裡發出細碎的嚓嚓嚓嚓的聲音，紛飛的碎髮繞著她飛舞，旋轉著落在她腳邊。她突然有點感動，她不需要說要求，也不需要擔心，只需安安靜靜坐在他面前，閉著眼睛迷糊一小會兒，然後就能看到一個嶄新漂亮的自己。她喜歡這種生活，雖然她從不說，她喜歡有一個可以依賴的人，不用她操一點心就能給她提供一個改變。這太幸福了。她想。

效果出來了，威廉給她剪短了，削薄了，層次帶來了豐盈感，正如曲線的女人比直線的男人更顯高䠷一樣。威廉用消滅的辦法，反而給她剪出了一個髮量豐沛的中長髮。

晏秋相當滿意，春曦眼熱，要求威廉立即給她複製一個。威廉想也不想脫口而出：你不行，你的眼睛跟這髮型不配。

哪裡不配了？春曦趁其不備踢了威廉一腳。

春曦是一頭小鬈髮，額前一排薄薄的瀏海，總處於半濕的狀態。她的眼睛的確跟晏秋不同，晏秋是典型的瓜子臉配丹鳳大眼，春曦卻是一雙小肉眼，笑起來時藏在肉縫中閃爍著狡黠的光芒。

晏秋很喜歡自己的新髮型，看上去她頭變大了，臉卻變小了，有種不動聲色的媚態。過兩天再來染個顏色吧。威廉似乎也比較滿意這個作品。

晏秋的罩衣都還沒摘，下一個顧客已經小心翼翼擠過來了。她後面還有兩三個，抱著雜誌坐在那裡等。

春曦催促晏秋快點走，別影響威廉工作，晏秋卻一味地磨蹭，最後竟找了個滑稽的理由：我想看看威廉是怎麼給人剪頭髮的，特別是後腦勺，我從來沒見過自己的後腦勺。

春曦撇撇嘴，依了她。

威廉幾乎整個人撲到顧客身上，某些關鍵時刻，鼻尖都快碰到人家的髮絲了，他彎腰，蹲馬步，斜伸出一條腿，身體後仰，像一張弓，他做出各種各樣的動作，只為了調整自己的高度，以最好的角度來對付那些頭髮。在晏秋看來，他一心想要控制它們，而它們看似任人宰割，實際上桀驁不馴我行我素慣了，他只好使出渾身解數，跟它們鬥智鬥法，看最終能鬥得過誰。

當然，威廉最終贏了，他緩緩直起腰，伸直腿，放下手裡的剪刀和梳子，活動活動脖頸，緩緩走向櫃臺，晏秋覺得他的腳步明顯比之前遲鈍了許多。他在櫃臺說了句什麼，推門出去，點了根菸。

這真是一份全手工的、創造型的工作。晏秋在心裡感嘆。

她們出來時，威廉大吃一驚，他根本就沒注意到她們的在場：你們還沒走？

走出很遠，望不見絲諾的時候，晏秋大發感慨：他工作的時候好投入，我們平時看到的懶懶散散的威廉完全是另一個人。

春曦看了她一眼。

跟他相比，我們的工作太清閒了對嗎？畢竟他做的不是批量勞動，每個頭型都不一樣，每個人對髮型的要求也不一樣，每一次都是創造，都是創新，從裡到外的消耗真的滿大的。

好，我轉告他，說你心疼他了。

我只是實話實說，難怪他總是一副若有所思心不在焉的樣子，原來是給累出來的。

你這是在告訴我，你愛上他了！春曦肯定地說。

再瞎說我回去啦！晏秋警告春曦。

你不敢承認，我去替你承認。春曦作勢要走。

晏秋急了，扔出一句：我可不像你，隨時隨地都能發現你想嫁的人，就跟吐口水一樣毫無價值。

真的嗎？春曦臉黑了：真的跟吐口水一樣嗎？

晏秋意識到自己說話太重，嘴上不說，心裡已開始發抖。

春曦突然一臉邪惡地笑起來：我很想知道，你的那些口水都到哪裡去了，你都自己咽下去了嗎？不要告訴我你從不分泌口水，那就跟你說你沒長乳房也沒有月經一樣不真實。

晏秋目瞪口呆，但也只好偃旗息鼓，徹底服輸，像她們的每次鬥嘴一樣。

很快就到了威廉跟晏秋約好要染色的日子，春曦說她也要去換個顏色，兩人約好在絲諾門口碰頭。

晏秋特地換上了白色圓領T恤，以便更清晰地審視新髮型。正要出門，看了看緊繃的牛仔褲，又猶豫起來，把自己裹得那麼緊在鏡前坐上兩三個小時可不是什麼好享受，立即脫下牛仔褲，找了條寬鬆的白色蘿蔔褲穿上。隔著老遠，就看見春曦一身雪白，氣鼓鼓地站在絲諾門口，晏秋不禁大笑起來：終於撞衫啦！看看自己，再看看春曦，又笑起來：撞得真結實啊！還好，鞋不一樣。

晏秋愈是笑，春曦的臉就愈是難看：誰叫你這麼穿的？

晏秋笑得接不上氣：誰會管我穿衣服，我自己隨便穿的呀！

春曦扭頭就往回走。

晏秋死死拉住她：你跟人家絲諾都約好了，走了不合適吧。

我們倆穿成這個樣子，你真的不覺得丟人嗎？

哪裡丟人了？是太暴露了還是不體面了？我覺得你這一身很好看，我的也不醜，撞了就撞了唄，反正我不介意。

我介意！

如果不是威廉在裡面看到她們，走到門口跟她們打招呼，春曦真有可能負氣而走了。

兩人進入大廳的時候，晏秋終於感到了一絲絲尷尬，所有人都愣了一下，向她們投來意外的一瞥，就連一向沒什麼表情的威廉，都忍不住笑起來：你們這是……故意的？

春曦把自己氣鼓鼓往轉椅上一扔，拉過罩衣蓋在身上。

威廉一邊做染前準備，一邊拿出色號卡讓她們篩選，晏秋自己挑了兩三種顏色，讓威廉幫她選一種，威廉說，你先跟春曦商量一下吧，別在頭髮顏色上也撞了，當然你們想要弄成一模一樣的，我也沒意見。

春曦怒氣未消，手指重重地點著一張色卡，對晏秋說：你看好了，這個我選了，你不能要了。

好好好，保證不跟你撞頭。晏秋調皮地打一下春曦的胳膊，春曦扭過頭去，不理她。

威廉準備工作做好，問她們誰先來。

晏秋正準備說讓春曦先來，春曦搶在了前面。

你自己看著辦！

威廉牽牽嘴角，似笑非笑。他推了一下帶滑輪的工具箱，站到了晏秋後面。

呼地一聲，春曦站了起來，晏秋轉過頭來時，春曦已經在更衣間拿自己的包了。

幹嘛走啊？威廉大聲問。

我改天再來。

晏秋尷尬得坐立不安，她也想逃走，無奈威廉已經調好了染髮膏，她知道如果她也走，對威廉來說意味著什麼。

我能不能把染髮膏帶回去自己做？

就因為她不做了嗎？

呃……她覺得任何藉口都是可笑的，不如說實話。她生我氣了，我有點不安。

最好的辦法就是讓她一個人慢慢消氣，你追上去只會火上澆油。

一句話就讓晏秋安下心來。

但是晏秋想不明白，同一件事，為什麼她覺得無所謂，甚至是個很不錯的笑料，在春曦那裡，就那麼難以忍受呢？不就是件衣服嗎？她們只不過一起做個頭髮而已，如果實在不能接受，等做完頭髮，她們可以分頭回家啊，何至於中途甩臉走人？

晏秋忍不住問威廉：你跟人撞過衫嗎？撞衫的感覺真的那麼難以忍受嗎？

我感覺，撞衫應該不是唯一原因。

那還能有什麼呢？實在想不通。

別瞎想了，你還不了解她嗎？她永遠不會選擇忍受，只會本能地做出應急反應，事情過後，她也不會耿耿於懷。這種性格挺好的。

不管怎樣，上好染髮膏，開始烘烤時，晏秋還是迫不及待地給春曦打了個電話。

你說走就走，弄得我好尷尬。

專心做你的頭吧。果然像威廉說的那樣，春曦雖然還是有點沒好氣，但聽上去已經平靜多了。

真的只是因為撞衫嗎？為什麼威廉說撞衫不一定是唯一原因？她忍不住出賣了威廉。

他真的這麼說？別理他的小人之心，不過我今天很嚴肅地告訴你，我最厭惡的事就是跟別人撞衫，尤其不想跟你撞衫！也不想想你是誰，是誰在教你穿衣服，說起來你就是我的徒兒，還來跟我撞衫！不如我去撞頭好了。

晏秋狂笑，末了問：你在幹什麼？我做完頭髮來找你。

我還能幹什麼，先換下那身倒楣的衣服。別以為我這麼快就原諒你了，作為懲罰，三天之內不准見我。

那不也是懲罰你自己嗎？

是，都該罰！

三件黑色羽絨服

春節前三天，強烈的惆悵之氣瀰漫在三個人中間，他們好像才明白，原來他們三個人都害怕回家過春節，春曦說她可以想見，父母一定會過問她的愛情，甚至會為她安排相親，晏秋也會面臨她家的老問題，她有一個長年離家在外工作的爸爸，要麼春節時空空如也地回家，要麼因為空空如也不敢回家。威廉則說，他已經有很多年沒在家裡過春節了，回去也不習慣了，就像一隻流浪多年的狗，再也無法融進狗窩裡的日常一樣。

要不，我們三個人一起過春節吧？春曦提議。

沒有人回應，大家都故意略過她的提議，因為那太不現實。

春節前一天晚上，已經很晚了，絲諾都下班了，威廉卻把她們兩個召集起來，問她們倆可願意跟他一起在絲諾過春節。他已得到老闆同意，春節期間，他可以獨立擁有絲諾，但有一條，必須保證絲諾的安全，水呀火呀電路呀，不能出一絲紕漏，另外，還必須保證正月初三開業前，絲諾像以前一樣乾淨敞亮，不存在任何垃圾和異味。

春曦第一個欣喜若狂地舉手：我可以，我同意，我報名。

晏秋激動得眼淚都要流出來了，她從沒想過還可以這樣過春節，與此同時，她想起了母親的謾罵和眼淚，如果她不在家，她不知道母親會不會被徹底激怒。但是，管不了那麼多了。我不能總看她的臉色過日子。她給自己打氣。

威廉似乎料到了她們會同意，到裡間去了一下，拎出來三件大包裹。是三件同一款式的黑色羽絨服。威廉說，如果你們同意，就必須在春節那幾天穿這件衣服。

羽絨服很厚實，相當暖和，穿在身上，像裹了床被子。款式也很好，厚而不重。三個人同時穿上，站在鏡前，春曦叫了聲好帥呀，轉身撲到威廉身上，死死抱著他。晏秋尷尬得要命，也只得走過去，跟他們抱在一起。她還是沒能習慣春曦從大學帶出來的「同心抱」，所以她並沒有直接抱住威廉，而是一半抱在春曦身上。

大家約好，除夕當天下午四點，在絲諾碰頭。

這個時間是晏秋提出來的，春曦中午才能下班，威廉或者還要更晚一點，至於她自己，她是這樣打算的，她想把跟母親的年夜飯定在中午，想盡一切辦法把母親灌醉，甚至，有必要的話，她打算給母親的水杯裡下點安眠藥。她知道母親有失眠的毛病，偶爾會服一粒安眠藥，她試過了，丸藥碾碎很簡單，拿勺子在碗底使勁旋幾處就行了。

到了那天，晏秋一邊準備飯菜，一邊心裡咚咚地跳個不停，飯菜已備好，只等端到桌上去，葡萄酒也已打開，只等母親給祖先們燒好紙錢敬好香，她就可以把擦得亮晶晶的杯子拿過來，為母親斟上。

但母親突然說她不喝酒，一臉隱忍的表情，晏秋知道，大事不好，那些不開心正在她胃裡翻騰，不知哪一刻，就會像嘔吐物一樣噴射出來。

那也不怕，晏秋口袋裡裝著早就準備好的安眠藥，溫開水也已備好，如果她實在心情不好，實在不想喝酒，她就請母親喝點水。

母親果然開始了。

你看看我，我今年才五十八，前兩天上街，人家已經在叫我奶奶。

晏秋小聲說：人家那是尊稱，叫你阿姨怕你生氣。

你也瞧不起我，你只瞧得起春曦媽媽那樣的媽媽，別以為我不知道。

晏秋只在母親面前說過一次，她說春曦媽媽雖然矮小，但看上去溫文爾雅，十分體面，沒想到母親一直耿耿於懷。

你以為我不想當那樣的女人？人家是國家的人，人家在外面有單位保護，在家裡有丈夫保護，我呢？有誰管我？我就像隻野狗，只能靠自己在外面爭搶，我一天不爭一天不搶，就一天沒有吃的。你可要好好工作，把飯碗抱緊了，那是我不顧死活給你搶來的。

放心，我抱得很緊。

眼睛睜大點，長得又不醜，要學會結交有本事的人，男人沒本事，連累一家人活得人不人鬼不鬼。

知道了媽。

怪我自己不會識人，當年你爸爸，第一次去我們家，褲門都沒扣好，我說這個人不行，他們非說行，說他沒扣褲門，是因為他們讓他喝了太多酒，喝醉了，讓我光想他那裡的地形，離城市近，不必種田，只需種菜。真是鼠目寸光啊，離城市近怎麼樣？哪怕就在城市的牆根下，還是農村，種菜又怎樣？還不是土裡刨食。我告訴你，看人要看這個人的精氣神，沒有精氣神的人，終究是不行的。

知道了媽。

你那個理髮的朋友，我看不行，陰氣沉沉。

晏秋大吃一驚，但今天不宜反駁，否則母親可能會跟她展開大辯論，一直辯到天黑，那可不行，春曦和威廉還在絲諾等她呢。

知道了媽。她偷偷掃了一眼手錶。

我算是看明白了，人的一生都寫在臉上，當年我還年輕，有人就跟我媽說我臉上有個地方長得不好，說我將來的家運不會好，我媽不信，罵人家不該對我一個小姑娘說那種話，結果呢？全被人家說中了。

已經三點了，晏秋迫不及待地想給母親倒酒。母親一隻手覆在酒杯上：跟我說說話，不要把我當傻子，你以為我看不出來？你一天到晚只想往外跑。

晏秋假裝去吃東西，含在嘴裡，卻不想咀嚼，她得盡量留著肚子，待會兒到絲諾去吃。要帶去的東西她已經偷偷打包好了，只等母親睡去，她就出發。

明年過年，我不希望只有我們兩個，無論如何，你該有個歸宿了，再拖下去就老了，女人就像小白菜，老了就不值錢了。

晏秋給自己倒了杯酒，一咬牙，去把那杯水端了出來，遞給母親。

既然不想喝酒，那就以水代酒吧，我敬您一杯，一年到頭，您辛苦了，我會記住您的話，爭取明年多一個人過年。

這就對了。母親一仰脖全喝了下去。晏秋趕緊給她奉上菜，盯著她吃下去，同時不停地找話說：明年的年夜飯由我全包，我會提前訂好菜譜，您有修訂權，也可以提額外要求，總之，以後您就從廚房退休了吧，把鍋鏟交給我好了。

母親笑了一下：這還差不多。

母親的聲音漸漸發飄，眼神也開始渙散，像注意力被吸引到別處去的孩子，晏秋抓住母親的手問：睏啦？想睡覺了？

大白天睡什麼……

還沒說完，身子一歪，倒在晏秋身上。

她用身體托住母親，一動不動。沒事的，是她常用的劑量，不會有事的。她托著母親的上半身，半扛半拖把母親弄上床，脫去外衣，蓋上被子。

她跑到餐桌邊，慌慌張張地收拾，滿桌的菜，幾乎還沒怎麼吃，她索性找來一隻大碗，往裡面倒了兩個菜，還有酒，還有茶葉，還有瓜子花生和糖果。沒事的，她只是睡一覺，深深地睡上一覺，很多人患有失眠症，幾乎每天都要吃助眠的藥。

她把要帶走的東西分裝成兩個大袋子，提著走到門邊，放下，又回過身來，跑進母親臥室。她還在睡，跟平時一樣的睡眠，沒事的，只比平時的量多一點點，只是提前睡一覺而已，只是睡得更沉一點而已。

出門前，她又去母親床邊看了一次，她發誓，再也不會做這樣的事了。

趕到絲諾的時候，那兩個人正盤腿坐著聊天，他們中間擺著菸灰缸，第一次看見春曦抽菸，她有點震驚，難道他們排除各種困難，在這個萬家團圓的日子裡，從各自的家裡逃出來，只是為了歪坐在這裡一起抽菸？

春曦開始翻看她帶來的東西。

誰能吃這麼多啊？太多了。哦，這也太油膩了吧？這麼肥的肉誰吃啊？這就是你媽最高級的手藝？

春曦一提到媽，晏秋突然淚水盈眶。這些油膩的、肥的、不太好看的菜，都是她對她媽媽下了藥才弄到手，偷偷帶出來的，可春曦竟然用那種語氣笑話她帶來的東西。威廉覺察到了她的變化，湊近了問她：怎麼啦？

不，不能告訴他們她剛剛做的事，在這個大日子裡，光天化日之下，她不能告訴任何人她剛剛對自己的母親做過什麼大逆不道之事。

威廉遞給她一支菸，她不要，她從沒接觸過這個東西，她不能在做了那種大逆不道之事後，跑到這裡來像小流氓一樣抽菸，她不是為了這個才參加這個特別的聚會的。

他們的除夕晚餐很不像話，晏秋帶來的菜擺在櫃臺的長條形桌面上，她才知道，他們兩個根本就沒準備什麼吃的，早知道她就多帶一點了，但春曦說：傻瓜，我們不是為了幾口吃的才藏在這裡的。

但也不能不吃對不對？

但你不能把注意力全放在吃上，我這麼說你明白了嗎小傻瓜？

不管怎樣，晏秋從家裡帶來的那些東西還是一掃而空，接下來該幹點什麼呢？總不能就等在這裡看春節聯歡晚會吧。春曦瞪著他們。

威廉提議出去走走。

春曦提出不能走以前常走的那幾條老路，萬一碰上她的同事熟人，他們要大驚小怪的。

出門沒多遠，威廉就帶他們拐進了一條小巷，他告訴他們，從這條路穿過去，不到十分鐘就能到江邊。這是一條年久失修的老街，坑窪不平的石板路，家家門口只掛了半條簾子，裡面不是麻將桌牌桌，就是架著火鍋擺著碗筷和酒杯，晏秋想起母親，想起她是如何心急火燎把那杯水灌進母親的嘴裡，又如何把母親拖到床上去，小偷一樣收光家裡的餐桌，帶到外面來，結果卻被嘲笑又肥又油膩。她愈想步伐愈沉重，一個人慢慢掉到最後。威廉覺察到了，過來問她：你沒事吧？

她故意沒應聲，她還不太習慣掩藏心事，何況他們湊在一起過年，不就是為了暴露心事嗎？

春曦也回過頭來望了她一眼，但他們誰都沒再往下問。

出現了他們誰都沒有料到的一幕，江邊萬籟俱寂，闊大無邊的寂靜瞬間打敗了他們想要放肆一把的心，他們站在一片枯萎的江堤上，站在呼呼的寒風裡，突然覺得無話可說，說出來也沒有意義似的。

威廉是最先出聲的，他說：能不能讓我一個人走一會？十分鐘，最多十分鐘。不等她們同意，他就撇下她們，往一條小道上走去。

春曦就和晏秋一動不動站在江堤上，那一刻，晏秋心裡滿是嘲弄和自責：這就是你藥昏母親逃出來要過的春節嗎？你就為了這不值錢的場景害了你母親嗎？要是母親出了事怎麼辦？

春曦抽出一根菸：試試？

晏秋搖頭，她就把菸塞進了自己嘴裡。

看看獨自走在小徑上的威廉的背影，又看看身邊吞雲吐霧的春曦，晏秋有點失望，這看起來並不是一個喜慶的春節，它甚至離喜慶很遠，一種莫可名狀的暗影正在朝他們移來，即將籠罩他們，晏秋不知道那暗影裡藏著什麼，但她隱隱有種想哭的感覺。

你們都是怎麼啦？既然各懷心事，又為什麼要硬湊在一起？你們不要這個樣子好不好？我快要受不了啦。

這樣不是很好嗎？一定要嘰嘰喳喳不停說話嗎？不要這麼幼稚好不好。春曦噴出一股難聞的煙霧。

我想哭。晏秋說。

那就哭唄。他想一個人待一會兒，我想抽菸，而你想哭，這才是我們聚在一起的目的啊。

晏秋真的流下兩行淚來，雖然她並不十分清楚眼淚為何而流。

威廉過來了，春曦弄熄了菸，晏秋揉活了面部。

他們並排坐著，江水在河底發出細碎的聲浪，夜色漆黑，遠處的燈火像紅色的桔子一樣浮在暗處。坐了一會，威廉掏出菸盒，他抽菸不像春曦，像個大煙囪，他幾乎把煙都吸進了肚子裡，噴出來的煙霧很少很少。春曦看了他一會，再次點上了菸。

他們一起看向晏秋，晏秋堅定地搖頭。

時明時暗的兩支菸蒂彷彿在向對方打暗號。晏秋一會兒看看這個，一會兒又看看那個，菸頭成了他們兩個的語言，他們在黑暗中說著什麼暗語呢？

兩支菸抽完，威廉摁熄菸頭。非常感謝身邊有你們兩個，在這個地方，在這些日子裡。他說。

她們都以為他要抒情了，結果他只是做了個深呼吸。

說說你的家庭吧，我和晏秋的一切你都看到了，我們卻看不到你的，這不公平。

一個男人怎麼能在外面絮叨家裡的事呢？

我能不能理解成將來如果你結婚，你也會像現在一樣，對別人隱瞞你的家庭？

不是隱瞞，只是想把它裝在心裡，而不是嘴上。

夜風漸漸像被人兌了冰水一樣，威廉給她們買的黑色羽絨服，與其說是禦寒，不如說是為了提醒他們腿部有多冷，他們都沒有穿毛線褲的習慣，就連一向不怕冷的威廉，都在雙腿上抖抖索索地搓了起來。看樣子是沒法坐到啟明星升起來了，剛來的時候，威廉望著黑漆漆的四野，雄心勃勃地發出號召：如果我們一直坐在這裡，我會告訴你們啟明星在哪裡升起，能看到啟明星，是個了不起的好兆頭。她們倆都被威廉的浪漫計畫所打動，甚至提議去弄些柴禾來，燃著篝火坐等啟明星。

春曦率先打起了噴嚏，淌起了鼻涕：一定是寒流來了，有誰看過天氣預報沒有？

真掃興！威廉像個家長一樣發出了撤回令。

帶著徹骨的寒氣回到絲諾，一看，還不到十一點，春節聯歡晚會正在上演一個相聲節目，晏秋對那兩個耍嘴皮子的胖男人沒有興趣，踱到長鏡子前，她看見了鏡子裡的沙發，以及沙發上的威廉。他坐得像一攤水，屁股像大腿一樣無力地擱在沙發上。他有心事，他不開心。晏秋相信她沒看錯。她又何嘗是開心的，本來以為這裡會是三個人的狂歡，結果大家都心不在焉的樣子，早知道這樣，她就不來了，也就不用往母親的水杯裡下安眠藥了。

春曦過來了，她做了個誇張的動作，幾乎是跳起來把自己往威廉旁邊一拋，威廉被彈得全身一震。與此同時，春曦的手叭地落在威廉大腿上：想什麼呢？

威廉往晏秋這邊看了一眼，只是飛快的一瞥，但被晏秋看見了。

我們來喝酒吧？威廉拿開春曦放在他大腿上的手，起身去找酒杯。他說他準備了好幾瓶葡萄酒。

他在拒絕什麼，他們之間有過什麼。晏秋呆在鏡前，說不清是驚奇還是失望，還是憤怒。好吧，喝酒吧，喝過了酒，每個人都可以暴露出一小截尾巴來。

比起抽菸，春曦的酒量差多了，連晏秋都覺得她可能根本就沒喝過酒，這方面晏秋倒比她強得多，每到過年過節的時候，母親總是一邊絮絮叨叨，一邊名正言順地喝點小酒，她就是那個時候開始學著喝酒的，大概是在小學五年級那年春節，母親把酒杯遞到她面前：你嘗一口看看？她舔了一下，並沒有想像的那麼難喝，從那以後，只要母親提議，她就陪她喝上一小杯。

春曦到底莽撞，沒多久，就滿臉通紅，指著威廉和晏秋大聲說：我快不行了，你們兩個，不要趁我喝醉了做壞事哦。

威廉奪下她的酒杯：今天你們誰都不能醉，否則我會背上說不清的罪名。

春曦斜睨著他：你以為你還有什麼好名聲嗎？你把兩個小姑娘弄進你的地盤，讓她們抽菸喝酒，留她們過夜，你以為你還說得清嗎？你根本就說不清了。

說不清就不說了唄。

說到過夜，晏秋四下裡打量起來，待會兒怎麼睡呢？這裡的沙發都是不可折疊的單人沙發，沒辦法展開成沙發床。地上嗎？好像也沒有被子。看來只有熬通宵了。

春曦四處尋找被威廉藏起來的酒杯，又嚷嚷著要他拿新杯子來。

趁著威廉去衛生間的功夫，晏秋趴到春曦耳邊說：你是準備喝醉之後，乘著酒興把他強姦了嗎？春曦嗄地一聲笑起來，又猛地捂住嘴巴：否則呢？你想讓我留給你？

晏秋湊到她耳邊警告她：如果不想出醜，你就要穩住，不要再喝了，一滴都不能喝了，說話，強迫自己不停地說話。她只知道這個抵抗酒精的法子。

你們在笑什麼？威廉出來了。

她們當然不會告訴他，晏秋遞給春曦一個堅定的眼神，春曦卻另有主意，她問：威廉，你會從好朋友中選老婆嗎？

不會。威廉果斷地說：喜歡一個人，最好不要把她變成老婆，因為從你給她新身分的那天起，你就已經踏上了傷害她的路。你怎麼做都會傷害她。

你怎麼知道？你又沒結過婚。

想想我們的父母，他們誰不是這樣？

要不，我們來講講各自的父母吧。春曦提議。

威廉首先表示反對：我沒什麼好講的，他們是一對失敗的夫妻，我指的是感情。

春曦看向晏秋，晏秋也說：我家也一樣，他們也很失敗。

你呢？晏秋問春曦。

我之前沒跟你們說過嗎？我爸媽很早就離婚了，我從小學三年級起，就是跟媽媽和繼父一起生活的，我繼父人不錯，不要以為天下的繼父都會性侵繼女，我只是……我不喜歡他那個長相，也不喜歡他身上的味道，其實也沒什麼，就是……打個比方，我很喜歡去睡我媽的床，穿我媽的衣服，喝我媽的水杯，但是，當他過來時，我總是要提醒自己一下，他來了，然後我會馬上冷靜下來。

這幾句話讓晏秋懷疑酒精正在從春曦體內敗走。沒想到春曦竟然是這樣的家庭長大的，她得多堅強才能在這樣的家庭中培植出大大咧咧的神經啊。威廉也說：你不像從這樣的家庭出來的。

春曦突然哈哈大笑起來：你們都上當啦！那都是我編的，我爸媽沒有離婚，我也沒有繼父，我的父親是親生的。你們太輕信了。不能這樣知道不？人家說什麼都信，這樣是要出事的。

春曦冷不防抓過威廉的酒杯，一口吞了下去。

就像一杯水下去，水壺裡的水位一下子漫了上來一樣，晏秋看見春曦整個人突然就不對了，眼睛再次迷離起來。

但她仍然強撐著：誰都明白這個道理，結果誰都倒在這個道理下面。

威廉起身去了另一間屋，抱出兩條棉被來，鋪在地上。

春曦嚷道：我才不要，地上一股腳丫子味。我們說好了玩通宵的。

一邊說著，一邊卻不管不顧地倒在鋪上，來回滾了滾。好舒服呀，來來來，你們也躺下，我們躺著聊天。聽說人在躺著面對天花板的時候，往往才會說實話。

威廉和晏秋都沒動。威廉說：那你告訴我們你父親究竟是怎麼回事？

不要再提他們啦，他們的人生很快就完蛋了，不如說說我們，我問你威廉，為什麼你總跟我們兩個女人在一起？你沒有別的朋友嗎？

我也正想這樣問你們呢。

可我和晏秋本來就是朋友啊。話沒說完，春曦捂住嘴巴嗚嗚起來，威廉趕緊把她往衛生間拖。

晏秋聽見春曦在衛生間發出驚天動地的嘔吐聲，忍不住捂起了耳朵，她怕扛不住那個聲音的刺激，也跟著嘔吐起來。

從衛生間出來的春曦，一臉的神清氣爽，看來負擔已全部解除。來來來，我們再喝！沒有人回應，她就自己倒酒，威廉拽住她的手，不讓她再喝，她就捶他胳膊，捶完再去奪酒瓶，威廉死死拽住，就是不讓。爭搶了幾個來回，春曦突然抱著他的胳膊哭了起來：為什麼他們都不願跟我做朋友？他們到底在嫌棄我什麼？

晏秋嚇呆了，怎麼突然就轉換頻道了？威廉也在問：他們是誰？你只在意他們嗎？你有我們這些朋友還不夠嗎？

他們是所有人，所有的人都在嫌棄我，你們倆也嫌棄我，別以為我看不出來。

威廉連騙帶哄把她弄到地鋪上去，躺好，又在她肩頭按捏了一陣，她終於安靜下來。

威廉回來對晏秋說：馬上就要睡著了。這一睡恐怕得十幾個小時。

春曦果真睡著了。一片寂靜中，威廉問晏秋：還能再喝點嗎？

應該沒問題。晏秋不知為何陡地清醒過來，把酒杯推給他，問：你覺得她剛才說的是真的嗎？我不覺得她被人排斥啊。

酒後吐真言，至少她被這個問題困擾過。

其實我也沒朋友。晏秋真想說說她中途輟學的事，她也是後來才明白過來的，輟學不光是讓她中止了學業，也讓她脫離了原來的熟人圈子，她從同學堆裡突然來到一個誰也不認識的陌生領域，幸虧她運氣好，居然碰上了春曦，接著又碰上了威廉，他們都是這麼好的人，值得她付出全部真心，一輩子。她真想說說這些，但她一時不知道該如何組織這些語言，尤其是面對威廉這個男人的時候。

也許可以這樣理解，當我們說自己沒朋友的時候，其實我們並不是在渴望一個朋友，而是對我們現有的生活不滿意。當我們沒有能力改變不夠滿意的生活時，就寄望於朋友，但朋友不過是鴉片，麻醉我們，讓我們忘掉那些不滿意、不愉快。

晏秋主動碰了一下他的杯子，表示認同，她發自內心地認為，他講得真好。活著，就是服刑。

晏秋手一顫，她看看地鋪上熟睡的春曦，再看看杯裡的酒，突然做了個決定。

為什麼你會突然說到服刑兩個字？好吧，看來我必須得說說那件事了。其實，我一直都在說謊，我說我父親在外面打工，因為沒掙到什麼錢，所以不常回家，謊言說得太多了，我自己都信以為真了，好像我父親真的在外面打工一樣。其實不是這樣，他正在服刑，他割掉了欺負我媽的那個人的耳朵，還扔掉了，生怕那個人會撿回來接上去。

威廉放下酒杯，滿臉肅穆，似乎在向她父親致敬，見他這樣，晏秋深感安慰，突然覺得父親，以及父親帶給她們母女的影響全都不那麼可惡了。尤其當她說到耳朵這個細節時，威廉想笑又覺得不該笑的樣子真把她給逗笑了。

她一笑，威廉立刻也釋放了，又怕吵醒春曦，兩人前俯後仰無聲地大笑起來。

我能理解你爸爸，真的，我非常非常理解他。

可你知道被割掉耳朵的那個人是什麼人嗎？就是在徵地過程中，我媽去腐蝕的對象，如果不是他，我家的房子沒這麼好，我也沒有現在這份工作。也就是說，我爸付出坐牢的代價所阻攔的那件事，我媽後來還是去做了，也許是心甘情願，也許是迫不得已，也許……我不知道，反正後來她達到了目的。我真是……你理解我的心情嗎？我從來沒跟人提過這事，希望你替我保密。

威廉突然站起來，死死地把她攬進懷裡，她聞到他身上淡淡的香皂味，還有菸味。

他鬆開她，他們繼續喝酒。

所以我媽從來不去勞改農場看他，從這一點來說，我覺得我媽還算是個表裡如一的好人。

當然。敬你父母，他們都是非常真實非常可敬的人。

他們乾了不知第幾杯。

有時我想我爸爸這人也真夠笨的，打他一頓就行了，哪怕把他打成內傷、打得半死都行，幹嘛割他耳朵呢？聽起來多血腥啊，後來人家裝了義耳，根本看不出來，就像沒有過那回事一樣，他倒好，自己的人生全毀了。沒這事，我們家也不會有後來那麼多變故。

一切都是不可控制的，否則生活就太容易了。什麼時候你理解了你父親，你就成熟了。

別跟春曦說，我沒告訴過她，她是個大嘴巴，指不定什麼時候就全說出來了。說出來也沒什麼，我只是不喜歡有人再提那些事，我想忘記它。

我會把它爛在肚子裡。我肚子裡爛過太多東西。

現在你該瞧不起我了吧？他們就像一堆垃圾，而我就是垃圾上長出來的植物。所以我要是活得不好也不要抱怨，因為我得替他們贖罪，這可能就是我活著的目的。有段時間我看不起我媽，看不起她做的事，但我卻是她所有行為的最大受益者，我還能說什麼呢？我只能說，我比她還不如。

別這麼說，他們做什麼，與你沒有任何關係，你這樣想是在傷害你母親。

你肯定也很愛你的母親吧。

那是當然。威廉點點頭，端起了酒杯。

晏秋突然淚盈眼眶：我是個壞人，你知道嗎？我出來之前，給她的水杯裡放了安眠藥，否則她是不會允許我大年夜跑出來的。

威廉霍地站起來：走，我陪你回去，送她去醫院，還來得及。

晏秋揪住他的衣服：不多，只是她平時的量，不會有事的。

威廉坐下，捏著手指，很激動的樣子，他突然一把抓起她放在桌上的手，急切地說：你記住，以後千萬、千萬別再做這種蠢事了，不管為了什麼事都不行，不管多小的量都不行，想都不要想，你聽到沒有？

晏秋不住地點頭。想喝酒的欲望從來沒有這麼強烈，她又給自己倒了一杯，威廉也不阻攔，他看看地鋪上的春曦，笑道：這人真好，想喝就喝，想吐就吐，想睡就睡，想說就說。你從她皮膚就看得出來，裡外通透的一個人，真好！

不，她應該再堅持一會，這樣我們就能坐著看啟明星升起了。你經常看到啟明星嗎？偶爾。威廉看向玻璃外，不透明的黑色，什麼也沒有。我很容易失眠，所以才有機會看到。

晏秋很慚愧，到目前為止，她一次失眠的經歷也沒有。從不失眠的人，多為痴憨之人。她一直這麼認為。

講講你的故事吧，你一次也沒有講過，我總覺得你應該有很多故事。我和春曦都這麼覺得。

我倒想講呢，真沒什麼可講。

不可能，從你的背影都能看出來，你是有故事的人。

威廉舉了舉杯子。他們進度挺快，威廉那瓶已經喝光，晏秋也已經喝掉了一大半，而她竟然一點事都沒有。她暗自驚喜：原來自己這麼能喝。晏秋開心地給自己倒酒。無論何時，只要春曦在場，理所當然就是主角，沒想到主角也有說不上話的這一天。

讓這人去死睡吧，我們盡情地喝個夠。威廉突然把自己的酒杯遞到晏秋嘴邊，晏秋一愣，但還是硬著頭皮喝了一口，這舉動改變了她，她覺得有足夠的理由跟他直視了，何況他也一直在盯著她。

冷不防，他湊上來吻了她一下，很輕，在嘴唇上。春節快樂！他說。

她眨巴著眼睛，像在盡力分辨什麼。嗯，只是節日祝福。她眼裡的疑問漸漸消失。

他直盯著她，她也看著他，她警告自己，別這樣看著他了，但她做不到，有什麼東西從她體內跑出來，跑在她前面，引誘著她，替她指路。

他再一次吻上來的時候，她立即陷於半暈厥狀態，然而腦子裡卻閃過母親躺在床上沉睡的樣子，她不知道這是什麼意思，但也顧不得了。

他的吻肯定有毒，即使他已經離開了她的唇，她仍然睜不開眼睛，仍然無法正常呼吸，腳下的地板一定是被抽空了，她飄浮在空中，四處沒有著落，一動也不敢動。

他又一次吻過來。他嘴裡含著酒，它們一起逼向她，她只得喝下去，但馬上，她便領會到這送酒的妙處，比吻更讓人心驚膽顫，更讓人無法自拔。他唇上沾著酒液，望著她說：我蓄謀已久。她說：我還要。

他們緊貼在一起，邊吻邊喝，春曦就在咫尺之外，就躺在他們旁邊一米遠的地上，像他們遺棄的某件物品。她說：輕點聲。他說：她已經睡死了。

他們很快就喝乾了威廉的那瓶，又開始喝晏秋的這瓶。晏秋喘著氣說：我要醉了。

因為酒，還是因為我？

當然是酒，別以為我真的醉了。

他們是何時停止喝酒的，晏秋已經沒有記憶了，當她終於清醒過來的時候，一睜眼就看見了天花板。那麼，我是躺在地上咯？她提醒自己。神智在慢慢恢復，她聞到一股不尋常的味道，頭一偏，碰到了一堆毛炸炸的頭髮，再一看，是威廉在一旁面朝下趴著。她的毛衣不知什麼時候脫掉了，單薄的內衣捲至胸口，褲子也脫掉了，天哪，只剩下底褲了，什麼時候的事？當然也沒有襪子，她不記得自己什麼時候脫過襪子，脫過毛衣，脫過外套和棉毛褲，她什麼都不記得。

她筆直地坐起來，盡力回憶，但一無所獲。到底發生了什麼？

她看到地鋪的另一半是空的。她閉上眼睛，命令自己鎮定、鎮定，她想起來了，那裡應該是春曦的，對了，春曦在哪？她環視屋內，冷不防撞上一雙冷得令人膽寒的眼睛，差點尖叫起來，春曦正坐在一把理髮椅子上，靜靜地、刻薄地、鄙夷地瞅著她。

她不得不光著兩腿爬出被窩，她的衣服不在地鋪邊，而是在離地鋪兩米遠的地上。她感到春曦的雙眼像利刃直刺她的後背，她為自己光著的雙腿感到羞恥，為自己穿舊了的底褲感到羞恥，為自己不得不爬出來的姿勢感到羞恥，那是類似被人捉姦的羞恥。

她嘟囔著走向春曦：我不知道發生了什麼，我什麼都不記得，我只記得我們一直在喝酒。

不用向我解釋，也許我該祝賀你。

祝賀什麼！什麼事也沒有，我們只是喝醉了，胡亂躺在一起而已。你不也一樣嗎？

我可沒脫衣服。

我也沒有……我，我不知道，我什麼都不記得。

也許衣服根本不是你自己脫的。

晏秋渾身僵硬，片刻，她瑟縮著走向地鋪，猛地掀開威廉身上的被子，他穿得好好的，只是脫掉了外套。

你看，他有衣服！他穿得好好的！晏秋急不可耐地指給春曦看。

你想證明什麼？你又有什麼必要向我證明，真是好笑！

那你幹嘛說些陰陽怪氣的？

我哪裡陰陽怪氣了，我不過是在打量你的大腿，還不錯。

她用手指理著頭髮問：現在幾點了？

現在已經是大年初一下午兩點了。我得回去了，再坐一個小時就出發去車站。

不是說好一起待到正月初三的嗎?
還是回去吧,不要太蹂躪家裡人了。
母親!晏秋猛地想起來,她醒了嗎?來不及跟春曦說太多,拉開門就往外衝。
母親正一臉痛苦地坐在餐桌邊。她心裡一鬆,不由得在門外蹲下來。她是一路小跑著回來的,現在才感到雙腿已不屬於自己,連進門的指令都無法完成了。
你跑哪去了?母親不耐煩地問:一起床就沒見你人。
我……出去逛了逛。
我頭疼得厲害。母親皺著眉頭,眯著眼睛。
我幫你揉揉。她費力地爬起來,站在母親身後,身體靠著椅背,一下一下按捏起來。
不會有事的。她邊捏邊想:不可能的,威廉的衣服還穿得好好的呢,真有什麼的話,我不可能什麼記憶都沒有,不可能一星星記憶都沒有。

春節過後,他們有很長時間沒有再聚。威廉那邊說,人們在春節期間胡吃海喝,形象都有點走樣,所以都排著隊地過來整理頭髮,他忙得連睡覺的時間都沒有了。春曦的理由更直接,她說她必須在這個春季、在桃花開出來之前找到一個可以正經約會的男朋友,她不想再跟一個女幼師約會了。和他們相比，晏秋分外失落，他們都有清晰的目標，旺盛的鬥志，只有她還在過去的節奏裡，而且心思恍惚，一不小心，她就在腦子裡重播春節那天的事情，一遍遍問自己：只是玩笑嗎？只是逢場作戲嗎？可能是吧，否則他也不會藉口客人多而不過來跟她們見面了。

這樣過了一個月，有一天，睡過午覺，吃過下午點心之後，晏秋正在教孩子們做簡單的實物加法，春曦的電話打了進來。

她的聲音壓得很低，聽上去像整個人都蒙在被子裡。

你能不能來一趟儲蓄所？立刻，馬上。

一下課我就過來，大概還有半個小時。

不行啊，要馬上，情況比較緊急。春曦用低低的聲音下著十萬火急的命令。

春節過後，她們一直沒有見面，晏秋以為是她從被窩裡光著大腿爬出來的情景深深刺激了春曦所致，因此她把這個電話看著是修復友誼的絕佳機會。晏秋火急火燎一連試了三次，才找到一個願意臨時來代替她的老師。出了門，跨上自行車就往儲蓄所方向風一般騎過去。

還在儲蓄所門外，晏秋就感到了某種異樣。押款車似乎剛剛開走，春曦和同事正在裡面收拾桌櫃，平常這個時候，大廳是不會再有人了，但此刻，待客區的沙發上卻有個女人，蹺著二郎腿，一臉憤怒，渾身上下冷氣直冒，她的坐姿也很奇怪，就像她不是一個人，而是身後有一支二十多人的隱形隊伍，正荷槍實彈站在她身後，只等她一聲令下。女人肯定很得意她身上那件黑色V領羊絨衫，以及帶吊墜的項鍊，那正是春曦經常嘲笑的所謂經典，她說很多人都被這種所謂搭配常識害了，常識的基礎往往要有一個合乎標準的身架來支撐，沒有這個基礎，完美組合的效果往往會走向反面，比如這個女人，肩胛厚實，脖子短且有鬆弛跡象，V領剛好讓這兩大缺點暴露無遺，更要命的是她的胸，大概是定型胸罩偏小的緣故，乳峰緊緊擠在一起，像兩個緊緊捆在一起的憤怒的大拳頭，又像寬闊厚實的胸部大地上突然孕出兩個孿生的肉包子。總之，她的黑色V領衫正好是她們曾經討論過的難看經典。

見到晏秋，春曦兩眼一亮，笑容可掬地招呼道：你好！

晏秋機靈地扮起了客戶，她拿起櫃檯上一疊單據，假裝填寫起來。她寫的是：發生了什麼？

當她撕下來遞給春曦的時候，春曦同時遞給她一張紙：

記得我說過想嫁給我們副行長的話嗎？他老婆知道了，坐在你後面的便是，我不怕她，但我擔心她包裡會不會藏著硫酸。請一定不要走遠，就待在附近，見機行事。

晏秋一出來就給威廉打了電話，若果真有什麼險情，她怕她一個人救不了春曦的駕。威廉不等聽完就說他知道該怎麼做了。

裡面有響動，晏秋探頭一看，春曦的同事已經拿上了她的小挎包，她快要離開了。再一看，黑V領女人也站起來了，完了，馬上就要短兵相接了。

一輛黑車飛快地開了過來，車還沒停穩，一個西裝革履的傢伙就跳了下來，風一般衝進儲蓄所。

蠢！愚蠢！豬腦子！晏秋聽見男人的聲音在裡面響起，接著就是壓抑著的尖細的哭聲。

這時晏秋已經猜到那個趕來的西裝男子就是副行長，也就是那個黑V領毛衫女人的丈夫，他們看上去不太般配，尤其此刻，不像是丈夫在呵斥自己的老婆，倒像是體面的弟弟在數落鄉下來的、做了蠢事的、不成器的姊姊。

人家都知道，就我不知道，滿世界的人都知道了，就瞞著我一個，我沒臉做人了。知道什麼？自己抓起屎來往臉上抹，你不怕丟人我還嫌丟人呢，趕緊跟我走！

我不走，我要她親口向我保證，不再說那些不要臉的話。

保證什麼？無理取鬧！快點回去，別丟人現眼了。

你還護她！

是你自己有心魔！

自始至終，副行長都沒往櫃檯裡望一眼，春曦咕嚕著一雙眼睛，看看這個，又看看那個，不像個當事人，反倒像個看熱鬧的傢伙。正在僵持，春曦的同事突然推了春曦一把：傻丫頭，還不快去道個歉？就說你保證不會再說那些話了。春曦身子一擰，狠狠甩掉了同事的胳膊：你幹什麼！我憑什麼道歉？

黑V領女人一聽，猛地撲向鐵柵欄：你知道什麼人才敢撩人家的丈夫嗎？婊子！你看起來也不大，是你媽從小就教給了你這種本事，還是你生來就有做婊子的天賦？

春曦身子一挺：那麼你呢？你生來就有做棄婦的天賦對嗎？從你們的對話來看，你這已經不是第一次被他嫌棄了吧。

黑V領女人跳起腳來：你媽呢？叫你媽來見我，她如果沒死，為什麼不管管你這個沒家教不知羞恥的女兒。

你罵我可以，但你無權罵我媽。

罵的就是她，不把自己的孩子教好，就放出來危害社會，危害人家的家庭。黑V領女人一邊大叫，一邊將櫃檯上的東西橫掃下來，乒里乓啷滾得到處都是。

你才是危害社會呢，我不過就是說了幾句話而已，上床都不犯法，何況是幾句話！既然這麼在乎他，那就把他收回去，別讓他出來混。

春曦！副行長吼道。

黑V領女人也真是蠢，丈夫終於肯為自己出頭，也不知道就勢下臺，反而有全線崩潰之勢，鼻涕一把淚一把的：你如果真的跟她沒關係，她敢這麼對我說話？不就是你在她背後撐腰嗎？你要真的看上了她，我讓位，但你得給我一個說法，我沒有對不起你一絲一毫，你家裡上有老下有小，都是我在服侍，我只有一個要求，去把你的領導叫來，叫你的領導現在就過來，給我們明斷，看看誰對誰錯。

副行長要把黑V領女人往外拉，女人死死抓住鐵柵欄，見拉不動，副行長又回來往前推，司機也下來幫忙，終於把她給推到車邊去了。關上車門之前，副行長回過身來，伸出食指，黑著臉對著春曦撣了撣，想說什麼，又咽了下去，鑽進車裡走了。

人車都走了，威廉才衣衫飛揚地趕過來，看看這個又看看那個，一臉放下心來的表情。

三個人默默往江邊走。

霧氣漸漸下來，籠罩著江面，威廉望著那一江濃霧問：真的愛上副行長了？

春曦回過身來，呲牙裂嘴地嚷：不然愛誰呢？放眼望去，大家都找好了，就落下我一個，你讓我怎麼辦？總得找個人來愛一愛呀，荷爾蒙滿滿的。

晏秋隱約覺得她指的是自己和威廉，不過她不方便站出來接招，再說還有威廉呢，讓他去對付她吧。

這種人是沒有愛情的，因為他們不需要。威廉一臉體貼地解釋。

根本就是開個玩笑隨口一說而已，那些人捕風捉影，地上掉根雞毛也會被他們傳成天鵝來過了。

那就不要給他們這個機會啊，就這麼管不住自己的嘴嗎？說話前過過腦子就這麼難嗎？只有傻瓜和弱智才總是脫口而出。威廉愈說愈激憤，臉上微微發紅，不知是生氣，還是被冷風吹的。

關你屁事！我想怎麼說就怎麼說，那個女人罵的是我，又不是你，有麻煩也是我一個人扛，用得著你來教訓我嗎？

是不關我事，但你一直在我面前晃啊，一直晃一直晃，晃來晃去，像個神經病一樣，你就是個神經病你知不知道？

如果你們也是來聲討我的，那你們就趕緊滾回去。她老公有前科，她才草木皆兵的，她瘋了，你們也瘋了嗎？

沒有人要聲討你。威廉的聲音低了下來：我不過是提醒你，說話不經大腦的人，總有一天會吃大虧的。

說話不經大腦算什麼？總比某些人行動不經大腦的好。春曦昂著頭，不服輸地瞪著威廉。

就像被掐住了七寸一樣，剛剛還怒氣沖沖的威廉，頓時怏怏地敗下陣來。

晏秋覺得威廉認輸認得有點突然，也有點奇怪，而且他從此沉默起來，像剛才一通脾氣徹底耗盡了他的體力，整個人的精氣神失去了支撐，鬆肩塌腰，一臉無所謂地跟在兩個女人後面。

晏秋想起副行長臨走前的那根手指，堂堂一個副行長，竟對自己的員工做這樣的手勢，也是沒什麼風度。她把副行長的那根手指學給春曦看，春曦不屑一顧：我等著，我看他到底能把我怎麼樣？我已經在銀行的最最底層了，難不成他們還能因為這事開除我。

無論如何，還是小心為妙。對了，請問，現在還想嫁給他嗎？

當時也不知哪個神經搭錯了，真要感謝他老婆能親自前來，親自給我潑一瓢涼水，如果她跟我的想像一致，是個雅致些、有修養的女人……現在就算把他送到我面前我都不想要了，那樣的女人他都能跟她同床共枕，還有什麼好說的。

春曦跟副行長老婆的開戰，令晏秋久久無法入睡，她說不清這件事到底是哪裡刺激了她，總之，她煩躁不安，欲說還休。已經快十二點了，她還在床上翻來覆去。放在枕頭下當鬧鐘的手機響了，拿出來一看，竟是威廉。他問她睡了沒有，如果沒有，他希望能跟她聊聊。

好啊。晏秋立刻安靜下來，她把自己躺成一個舒服的位置。

早該打這個電話的，這段時間實在太忙了。

知道你忙。晏秋閉著眼睛，如果他是在找託詞，為自己找個漂亮的說詞然後抽身離開，她不要表現得像是受了打擊，她要表現得像一切本來就還沒有開始一樣。她打定主意，為自己鼓氣。

你怎麼能這樣呢？他突然變了個腔調：隻字不提，難道你覺得春節那天的我們倆是酒鬼的行為嗎？

晏秋隨之心臟狂跳：什麼行為？

我們接吻了好多次，你忘了嗎？

我……我想不起來了，完全沒有記憶。她不知道自己為什麼要撒謊：只是這樣嗎？然後呢？

難怪你後來一副翻臉不認人的樣子，我還在想，你怎麼能這麼冷酷，就像什麼事都沒發生過一樣。我倒是耿耿於懷，事實上我這幾天一直都在想這件事，我現在要很嚴肅地問你，你考慮過嗎？如果我說春節那天就是我們倆的開始，你接受嗎？

呃……我一直以為，春曦才是你的目標。她精神大振，從床上坐了起來。

她不是，你為什麼會這樣想？她從來都不是我的目標，我也不是她的目標，她自己可能還比較模糊，但我感覺到了，副行長那樣的人可能更對她的胃口。

副行長有家室。

不，不是副行長，是副行長那個類型的人。你不用考慮別人，也不用馬上回答我，我可以等。

為什麼？我百無一用。

你不要很有用，你只要安安靜靜地待在這裡就好，我觀察好久了，你身上有種讓人鎮定的氣質，急躁的人到你面前，也會屏息三分，我看重女人身上的這種稟賦。

春曦難道沒有嗎？我反倒是要看到她才能鎮定下來呢。

你們倆性情是相反的。

威廉講起他們當初的相識。

她去絲諾剪頭髮，不是我，是另外一個人，給她剪壞了，其實也不算壞，是她自己不滿意，就在那發脾氣，然後我就過去了。你知道她那個人，不會掩飾什麼，突然就不發脾氣了，還特別乖，沒多久，就給她弄好了，她很感激，問我的名字，還說以後她的頭髮固定由我來負責。她這個人啊，做朋友，甚至做戀人，都很好，但要一起過日子，只會弄得雞飛狗跳。

雞飛狗跳也是激情的一種。

不要，我不喜歡那樣的激情。

一直聊到電話燙疼了耳朵，才不得不掛掉。晏秋心滿意足。這一夜她睡得平穩，幸福，山花爛漫，以至於第二天一睜眼仍然覺得很愉快，整個人好似泡在一種叫做快樂的溶液中。

但就在這天，母親摔了一跤，腿摔折了，晏秋別無選擇地打通了威廉的電話，威廉只說了句：你等著，就掛斷了電話。

不到二十分鐘，一輛救護車開了過來，威廉坐在救護車裡。望著愈來愈近的威廉的臉，晏秋想到昨天晚上的夢，在夢裡，他也是這樣義無反顧地、目不轉睛地、執著地向她走來，她覺得她的夢真是威力強大，邪惡無比，為了圓她的夢，老天爺不惜安排了母親的車禍。

威廉背著母親樓上樓下跑，就像他們是一對相濡以沫多年的母子。母親當然明白這份殷勤是得益於女兒的面子，雖不十分滿意，也只能半推半就，災病讓她格外脆弱，如果她真的就此倒下去，誰來保護她的女兒？她躺在病床上，盯著那些流進血管的藥水，漸漸放下了一定要把女兒嫁給公務員的執念，比起那些一輩子升不上去的小科員，也許還不如嫁一個有一技之長的老百姓，何況這小夥子模樣真不錯。

在醫院守到第三天，一切步入正軌，病房安靜，病人穩步走在康復的道路上，晏秋和威廉鬆了一口氣，來到大廳的長椅上坐下休息。

謝謝你啊，沒有你我一個人還真搞不定。

讓我加入你們吧，這樣一來，你們的家也完整了，我的家也完整了。趁這個機會，去問問你媽媽的意見吧。你去，還是我去？

晏秋心裡一動，卻異常冷靜，她問他：你都沒問我的意思呢，倒要先問我媽的意思。

我當然知道你的意思，難道是我的錯覺？

那也得問一下。

他抓住她的手，掌心相對，五指交叉。

你、你媽媽，還有我，我保證我們會是幸福、從容的一家人，我會竭盡全力，相信我。

威廉的意思，是讓晏秋先去徵求她媽媽的意見。

要去你自己去，我不知道該怎麼說。晏秋這時已經有了點撒嬌的意思了。

威廉看了她一會，站起身來。他在窗前停留片刻，理了理頭髮，扯了扯衣服，對晏秋做了個成功的手勢，就向病房走去。

晏秋有點懵，這就是那個著名的時刻嗎？從此時此地開始，她的命運就要發生劃時代的變化了嗎？沒想到會發生在這個意想不到的地方，一邊是走廊邊探出頭來的廁所牌子，一邊是護士辦公室，護士們端著托盤在那裡進進出出。他為什麼要選擇這個時刻、在這個地方提起這事？他看上去那麼英俊、那麼精緻，不說下跪，至少應該有鮮花吧，不說神聖莊嚴，至少不能在廁所邊吧。她感到有點口渴，身邊卻沒有水，意識到這一點，她愈發渴了。她想出去買瓶水來，又急於知道威廉出來時的結果。

等了差不多十分鐘，威廉就半退著出來了。

她同意了。

啊？你怎麼說的？

我當然是直截了當啦，我請求當她的上門女婿。她一聽就笑了，我沒想到事情會這麼簡單，我生怕她不同意。

晏秋也笑了，她覺得威廉真聰明，專會挑母親喜歡的字眼來說，母親只有她一個獨生女，當然會喜歡收上門女婿。就這一句話，足以將母親拿下。

她很快就抽空給春曦打了個電話，這事當然得第一時間告訴她。

春曦說：現在才說穿嗎？

說穿？你是說你早料到了？

咳！春節那天你們以為我真的睡著了？我只是不想驚動你們。

晏秋呆若木雞，她記得當時春曦一動不動，她還聽到了細細的鼾聲，難道鼾聲也可以裝出來？

喂！喂！

她總算被春曦喚醒過來：你怎麼可以這樣！

你要我怎樣？跳起來大喊「不可以」？還是逃跑？外面黑漆漆的，又是深更半夜，我能去哪裡？

難怪第二天春曦執意要回去，難怪她打亂了他們的春節計畫，晏秋捶捶腦袋，真是遲鈍啊，竟沒往這上面想過。

不管怎說，還是要祝賀你們。

但她的語氣實在不像是祝賀。

可以上吊的長圍巾

春曦那邊出事了。

她在電話裡只啜泣了一聲，晏秋馬上想起副行長那根尖銳的食指，一個年輕人，一個副行長，卻衝自己的下屬、一個姑娘惡狠狠地豎起他的食指，晏秋當時就預感不妙，但接下來的一切似乎風平浪靜，晏秋還以為自己想多了呢，事實證明她的預感沒錯。

她們約在清江堤上見面。晏秋趕到的時候，春曦已經獨自在那坐了一會兒了。晏秋一露頭，春曦就趕緊跑了過來。

我真的被他們嚇壞了，我實在是沒有思想準備。春曦拽住晏秋的胳膊，似乎當時的恐懼還躲在身體的某個角落繼續施加淫威。

春曦說，當人事部突然給她打來電話讓她去一趟時，她還以為自己終於要迎來崗位調整呢。

人事部辦公室裡坐著三個女人，一進門，她們就猛誇春曦的穿著漂亮又有品味，挑選的衣服都是他們見都沒見過的（這時春曦已經脫下制服，換成了自己的衣服）。等誇夠了衣服，她們又開始勸她，還這麼年輕，又有文化又有文憑，埋沒在這小地方可惜了，不如索性辭職，去更合適的地方發展，全行這麼多人，就她一個人最適合也最有能力重新開始。現在正是好機會，還能拿一筆不菲的工齡補貼，非常划算，接下來他們舉出了很多例子，誰誰從這裡出去後，在外面海闊天空，風生水起。誰誰誰一出去，馬上變了一個人，過上了以前想都不曾想過的生活。

春曦這時已嗅出了某種不妙，就說她從未有過這樣的打算，說她並不適合出去闖世界，說她只適合安安穩穩、沒心沒肺地上班下班。

人事部三個人對看了一眼，其中一個說：從本質上說，在哪裡生活都一樣，在這裡是上班下班，出去了也是上班下班，但是，你想過沒有，你在宜林踏破鐵鞋、找瞎眼睛也難以找到一件稱心如意的衣服，但在大城市，你吃過晚飯，出來散散步，都可能遇見時裝雜誌上的寶物，你每天每天都穿行在美好的事物當中，久而久之，你的表情會發生變化，你的身材也會發生變化，你的整個氣質也會跟著發生變化，你很快就會脫離宜林人的聲音、宜林人的表情，你會變成另外一個人，就是你心目中的那個人。

那個人愈是這樣說，春曦愈是感到她在投其所好，不懷好意，就說，可以考慮考慮。然後就要走，她實在快要承受不起那種壓力了，她從她們的語氣裡聽出來，那種迫不及待的後面肯定隱藏著陰謀。看到春曦想走，她們中的一個竟然走到門口，把門關起來，另一個說，其實，明天就是最後一天申報了，過了這村，就沒這店了，以後想買斷都沒政策了，只能一無所有地辭職。最後一個走到她跟前，在她耳邊說：告訴你一句悄悄話，副行長的老婆把你告了，告到上級分行去了，你不如趁早走，在上級分行下來調查之前走。春曦說：我不相信那個女人會那麼傻，她告了我，不也毀了她丈夫嗎？但人事部的人堅定地說，她就是把你告了，我也覺得她好傻。

然後呢？晏秋氣都快喘不上來了。

我已別無選擇。春曦低下頭去。

晏秋問要不要把威廉叫出來，也許應該聽聽男人們的意思。

春曦說，別叫他！他都罵我是神經病了，我不想跟他說話，至少這會兒不想。

真無恥啊他們！這跟強行開除有什麼區別？

是啊，不過我不想跟這幫蠢豬多費口舌，跟他們認真，等於把自己也降到豬的檔次了。

你想去哪裡？

海市吧，既然她們說我適合大城市，我不妨真的做給她們看看，總有一天，我要讓她們好好看看。

四野枯黃，北風乾冷，路面硬如骨頭。

春曦說，可惜沒船了，不然我可以坐船去，慢行利於思考。晏秋的目光順著江堤向下，清江像一隻漏水的長形洗腳盆，從遠方晃晃蕩蕩滴滴答答淌過來，一直淌到這裡，被長江不動聲色地吃掉。河道乾裂，愈向下裂縫愈小，美麗的裂紋從視覺上拉長了坡道，讓人感覺如臨深淵。

我媽肯定恨死我了。春曦痛苦地說。

當初為了她畢業能進銀行，母親花費了許多錢財，才打通諸多關節，雖然母親也不太滿意她的儲蓄所工作，但她鼓勵女兒，還有機會，她可以好好表現，爭取換到大一點的辦事處去，再換到機關去，或者做出業績，混個一官半職。她對母親的計畫嗤之以鼻。現在好了，一切問題迎刃而解，她再也不用面對不喜歡的制服，不喜歡的櫃檯和鐵柵欄，也不用擔心實現不了母親的計畫，她從此成了自由人，可以去任何她喜歡的地方，只是，她沒想到是以這種方式。

你知道嗎，有一次，我的小學老師來找我，遠遠地看見他走過來，我突然不想見他了，我衝同事做了個手勢，躲進桌子底下，我聽見老師叫我的名字，也聽見同事大聲替我打發走了老師，我又在桌子下面蹲了一會，才滿臉通紅地鑽出來。我這樣向中年婦女解釋：我混成這個鬼樣子，無顏面對我的啟蒙老師。那個中年婦女把桌子一拍：堂堂銀行職工，怎麼是鬼樣子？從此我跟她就處於冷戰狀態，天氣再熱，她臉上都是冷冰冰的。你看，所以事情都是有前因後果的，我從來都沒喜歡過這個地方，這個單位，時間長了，它們也感覺到了，暗中發力把我擠了出來。

我覺得主要還是跟副行長那件事有關。晏秋分析。

這些人太他媽沒有幽默感，太把自己當回事了。

塞翁失馬，焉知非福，說不定你從此反而進了屬於自己的軌道。

那是肯定的，我出去只會變得更好。

春曦突然的高昂鬥志讓晏秋大吃一驚，緊接著也莫名振奮起來：你先出去，過幾年我來找你。

怎麼可能，過幾年你又是老公又是孩子的，想走都走不了。

晏秋不說話了，照眼前的局勢走下去，很有可能會把日子過成春曦說的那樣，但晏秋對那樣的生活缺乏想像。縮著脖子在江堤上的冷風裡走了一會，晏秋決定來點輕鬆的，調節一下氣氛，她看著春曦脖子裡的圍巾說，把這條圍巾送給我吧，外面好東西多，你再去買條更好的。她熟悉那條圍巾，很長，足足纏上四圈還有多餘。

春曦馬上去解，才解了兩道，就後悔了：不，這圍巾我得留著，萬一哪天我在外面生存不下去了，還可以拿它來上吊。

那就別去了，也別寫辭職申請了，頂住，死活賴在這裡，料他們也不敢把你怎麼樣。

我不寫，他們也會把我列入裁員名單的，他們真的做得出來。

她們沿著江堤走，漸漸遠離了城區。冬天的田野寂寥不堪，風吹響路邊的枯蘆葦，兩人把衣服裹緊。春曦說她準備下個月就走，工齡補貼一到帳就走。

開春了再走吧，至少暖和些。

冬天，不是更像落荒而逃嗎？

風像一個髮型師，隨時都在給人改變髮型。一些亂髮在春曦下巴底下飛舞，弄得她不住地搖頭，吹氣，晏秋提議中止散步話別，立刻去威廉那裡，讓威廉好好幫她弄個新髮型再出發。春曦不願意。我為什麼要頂著個縣城的髮型去闖世界呢？

面部和肢端僵冷，身上卻開始發熱，春曦鬆開圍巾，露出珠圓玉潤的脖子。

我的青春期結束了。

不是早就結束了嗎？

對我這種笨蛋來說，青春期總是很長很長。

他們決定去一趟威廉老家。

出發前，晏秋再次問春曦，你真的不跟我一起去看看嗎？

你去看看他的出產地，跟我有什麼相干？春曦心情不太好，晏秋也不敢多說。

晏秋並不覺得必須去威廉老家考察一番，威廉父母都不在了，老家也好幾年沒回去過了，今後也不可能再回去，他的生活早已跟那個地方不相干，但母親堅持要她去，說很多人都是在考察中發現了問題，毀了婚約。

你覺得他們會喜歡我嗎？她去問威廉。威廉對她的惴惴不安不屑一顧：你是去看望他們，不是去徵得他們的同意。

她買了一些禮物，都是地方特產之類的東西，當然也有一些衣服，這是她最擅長的採買。威廉不讓她買，說他自有安排，但對她已經買下的部分，他也並不反對。

她還為自己的探親之旅買了件大紅外套，興奮地穿到威廉面前：看！探親專用！威廉掃了一眼：有必要嗎？把自己弄得像個新媳婦。

我可不就是新媳婦嗎？

威廉自始至終都不積極，說不一定非得有這個儀式，畢竟只是哥哥的家，哪天有心情，兩人也都有時間，隨時都可以去看看。但晏秋已經被母親完全說服了，似乎只有這樣才名正言順一樣。

儘管威廉事先打過預防針，也事先跟家裡接洽過，晏秋還是沒想到，她眼裡酷勁十足不帶一絲土腥味的威廉，會是在這樣一個地方長大的。她懷疑自己是在做夢。

很遠很遠、很小很小的一個小村子，不像畫報上看到的那麼窮，但絕對談不上富裕，人人都是瘦瘦的小矮個，晏秋走在他們中間，像個前來訪貧問苦的華麗的大人物。也沒有如雲的賓客，就家裡幾個人，晏秋他們趕到的時候，每個人都在忙自己的活，一個年長的女性小跑著過來，笑容滿面地對著晏秋長長地說了一通，晏秋一個字也聽不懂，威廉對她一笑：我嫂嫂在致歡迎詞呢！晏秋趕緊客氣地回了一大通，對方也未聽懂，只露出牙齦笑。飯菜也一般，絕對不是意想中的宴席級別，就是多燒了幾個菜。飯桌上也很少有人說話，一來聽不懂，二來嘴巴忙。吃完飯馬上各幹各的，威廉替他們道歉：鄉野之人，不大講究禮數。晏秋卻說很好，她感到很鬆弛。他們出去散步，在小土路上看雞鴨牛羊，看流水和石頭，真是陌生之地呀，連雞鴨牛羊、流水和石頭都跟自己從小看到過的不一樣，晏秋幾乎立刻思念起家鄉、思念起春曦來。威廉帶著她遠離人群，哪怕前方只有一兩個人，威廉也會不動聲色地繞道，理由是他出去時間太長了，那些人都不大認得了，為免尷尬，不如避免這種機會。最後他想出一個好主意，他帶她去湖邊釣魚，那裡除了湖和山，什麼都沒有。晏秋說不出哪裡不舒服，好像受到了怠慢，又覺得不是，那些人看起來對威廉結婚一事並沒什麼興趣，對他帶回來的姑娘也興趣不大，按說他們對難得回來一趟（威廉說他已經四五年沒回過老家了）的威廉應該高興得大呼小叫才是，結果不是，最多視線相遇時笑著點個頭而已，是他們對威廉這個離家的遊子感情已淡，還是這裡人本來人情淡薄？兩人在湖邊靜靜等候魚兒上鉤，晏秋看水裡戴著太陽眼鏡的威廉的臉。我覺得你沒有回家的感覺。晏秋突然說。威廉倏地轉過頭來，晏秋在他鏡片裡打量自己，她穿著件大紅上衣，像是威廉眼裡跳動著的兩束火苗。你說對了，這裡本來就不是我的家，我已經沒有家了，我必須建立一個自己的家，我和你的家。他的視線重新回到湖面上：我哥大我十三歲，我們從小就不親密，我小時候經常挨他揍，他是可以代替父親執行家法的人。湖水不動，魚兒也不大上鉤，晏秋無聊至極，趴在威廉脫下的外套上面睡了一覺，醒來時，威廉說晚飯時間快到了。於是回家。桌上擺著他們釣的魚，然後就是當地的各樣菜蔬，晏秋吃得不多，還沒吃完，就見嫂子把威廉叫了出去，兩人嘀嘀咕咕，晏秋什麼也聽不懂。人畜安靜下來時，威廉把晏秋叫到臥室，說他非常抱歉，按照規矩，他們今天只能享用一間臥室。晏秋表面上無所謂，心裡卻開始咚咚直跳。

除夕那天的巨大疑問因為威廉的一句話迎刃而解，因為威廉居然這樣問她：這麼重要的日子，如果你不願意，我們可以回去後再開始。她幾乎是幸福得什麼也說不出來了。剛剛還在嫌棄這個鄙陋的地方，轉眼間便覺出了熄燈後的黑暗原來可以使一切變得豪華，豪華得只有威廉的肌膚和氣息，以及從頭到腳籠罩她的情意。假若換一個地方，換成任何一個有浪漫微光加香水加音樂的地方，可能都不如這扎扎實實的黑暗更動人心魄。因為看不見，她更加大膽，更加投入，她拚命往他懷裡擠，幸福激起陣陣鼻酸。他則用樸實的誓言回應她的激情。

我會用自己的雙手開闢出一個家來，我和你，我們是第一代。

我們會有不止一個孩子，我們要看著他們開枝散葉，子子孫孫，我們會是爸爸媽媽，爺爺奶奶，太公太婆。

我們要溫柔地對待孩子，不要在孩子面前吵架，更不要打架，也不要讓他們離家出走。我已經準備好了，你準備好了嗎？

他們合而為一的時候，晏秋淚流滿面，一面是魂魄出竅的空茫，一面是身體被充滿的沉墜，她既幸福又恐懼，她想喊叫，嘴卻被他堵住。別出聲，這裡不是我們的家。

整整一夜，他三番兩次讓她淚流滿面，同時又讓她牢牢記住，這裡不是她能出聲的地方，她必須克制，再克制。

他們很晚才起床，家裡人都已經出去工作去了，威廉說：其實我們也可以把行程分成兩段來走，這樣我們就可以去賓館修整一番。

所以他們在他老家只待了一夜，就踏上了返程。

她向母親彙報了那邊的情況，除了那天夜晚的情景。母親自信地做出了自己的判斷：他等於是沒有家了，這樣也好。然後就死死盯住晏秋，晏秋被那樣的目光逼得恨不得鑽進地洞，她總覺得那天晚上的情景在她臉上留下了什麼記號，而母親已經從她臉上看出來了。

回家當天已是晚上，既要應付母親的盤查，又要準備第二天的上班，還要跟威廉商討一件重要的事情，到底是住在家裡還是在外租房，一直忙到第三天上午，晏秋才想起來要給春曦打電話。

還以為你們要度完蜜月才回來呢。我要走了，你們倆給我好好的，啊？

慌張加羞愧，晏秋結結巴巴，問她什麼時候走，她要給她送行。

免了，我已經在機場裡了。

啊？晏秋尖叫一聲，把自己都嚇壞了。

她趕緊打電話給威廉，威廉也愣住了，不過他不像她這麼激動，只說了一句：就這麼走了？她聽到他那邊吹風機響個不停，覺得不便多說，就掛了。

中午，晏秋趁著孩子們午睡，買了威廉愛吃的午飯送到絲諾，她覺得她現在有義務打理威廉的一日三餐了。威廉不在，一問，才知道威廉十點多就出去了，具體去了哪裡，回答是不知道。

這很正常，威廉是大師傅，不可能把自己的行蹤詳細透露給徒弟。也許他悄悄去看房子去了，前陣子他跟她提過，絲諾要開分店，老闆要他幫著去找地方。

從絲諾剛一出來，就碰上迎面走過來的威廉。

她遞上帶來的飯盒，他接過去，在路邊花壇上坐下來，卻沒心思吃。

為分店找店面去了嗎？她問。

不，我去機場了，想來想去，我不能就這麼讓她走了，還好我去了，你知道嗎？我趕過去的時候，她一個人坐在機場裡哭。

春曦出走，彷彿帶走他們日常生活的靈魂。

晏秋覺得一個人逛街簡直荒唐透頂，無聊透頂，就像在大晴天撐出一把雨傘一樣毫無必要。威廉則將更多的時間投入工作，以換來更多的收入，早上十點，到晚上十一點，一天當中，他要在絲諾待上十三個小時，來回路上去掉一個小時，他待在家裡的時間僅有十個小時，扣除吃飯洗澡一小時，抽菸發呆半小時，剩下來的八個半小時幾乎全在睡覺。

帶著新為人婦的激情，晏秋殷勤下廚，不惜把母親擠出廚房，擠到外面去給人看守菜攤。

頭一個月，母親雖然交出了圍裙，但眼睛並沒離開廚房，她得監視這個新上任的廚師，因為這個新廚師看上去不太令人滿意。什麼，放鹽還要用勺子？拿手指抓一撮就可以了，生薑大蒜還用切？那還不把汁水白白流走？拍鬆就行。要有滷菜，要有醃菜，要有乾菜，常年都要有，那才像個廚房。一個月後，母親徹底放手了，因為晏秋放棄了她那套家傳手藝，弄來幾本花裡胡哨的食譜書，攤在灶頭，她把做飯弄得像配藥方。母親看不下去，索性遠離。

晏秋恨不得每天都給威廉吃不一樣的菜餚，恨不得陡地懷揣十八般武藝，一件一件亮出來。可惜威廉吃得並不多，這一點，晏秋的母親很不滿意。男子吃飯如虎！吃起來一點動靜都沒有，也不添飯，還怕油膩，不知道的人還以為是我這個岳母壓制了他，搞得他飯都吃不痛快。

晏秋生怕他們為這些小分歧弄得不愉快，索性安排母親和自己先吃，吃完了再把晚飯送到絲諾去，等威廉吃了飯，工作一會兒，再跟他一起下班回家。

別看一頓飯，有人在家吃和沒人在家吃完全是兩樣效果。只有晏秋和母親兩個人的話，餐桌就敷衍多了，有時索性菜盤都不要擺上餐桌，扒拉一點在飯碗裡，找個喜歡的地方坐著，三下五除二就解決了。等她深夜跟威廉一起回來，母親早已入睡。第二天一早，晏秋上班，威廉繼續睡到十點，才大病一場似的，虛晃晃從床上爬起來，披頭散髮去洗臉刷牙，完了，也不吃飯，套一件衣服空空蕩蕩撲閃撲閃就往店裡走。母親向晏秋抱怨：一個大男人，總是不正正經經吃飯，也不在家吃飯。晏秋只好解釋：他們這個行當就是這樣的呀。母親又說：他不好好吃，你也跟著吃得心不在焉，我一個人吃有什麼意思。

說不上來哪裡不得勁兒，就像一碗沒和好的麵，不管怎麼捏巴，最終也沒揉成像樣的麵團。沒辦法，誰都是不得已，誰都心有餘力不足，威廉不是成心要冷落這個家，他實在是靠一雙手、靠一個鐘頭一個鐘頭去賺錢，誰也奈何他不得。晏秋也不是天生要去包容的一方，比較而言，她的時間相對富裕。母親偶爾的抱怨更是天經地義，世上哪有不抱怨的老人？幸虧威廉的收入都很坦然地交到晏秋手裡，晏秋又把它交到母親手裡，讓母親有種江山在握的感覺，這個家才能平靜而潤滑地運轉。

有天晚上，兩人走在回家的路上，威廉突然踉蹌了幾步，幸虧晏秋扶住他，他笑起來：差點睡著了。

你太累了！要不我們休幾天假？

最近老是想睡，有一次我居然一邊剪著頭髮一邊打起了瞌睡，後來只好叫來一個徒弟替我頂著，出去抽了根菸才把瞌睡趕走。

休息幾天吧，你從來就沒休息過一天。

倒也不是特別累，是太熟悉導致的麻木吧，知道我現在最不想看到什麼東西嗎？人的腦袋，頭油的味道，剪刀和梳子，吹風機和洗髮露。

你想怎樣？換個工作嗎？

威廉搖頭。我會自己調整好。

晏秋提議：我們去看看春曦吧，順便休個假。

威廉不同意：別去打擾她了，她現在應該是神經繃得最緊的時候吧，新到一個地方，一切重新開始，不容易的。又說：不過，等她終於適應了那裡，她也就不是原來的春曦了，她會徹底甩掉我們，因為她不再需要我們了。

說到春曦，這對年輕的夫婦好像來了點精神。

你不會也覺得這裡太小，也想出去闖蕩吧？

我恰恰喜歡找個小角落，安安靜靜蹲下來，我一點都不反感死水一潭的生活。

剛才還說太熟悉了會變得痲木。

那也不能為了追求新鮮感，一直走下去吧。

想想看，如果春曦沒走，頂住壓力賴在這裡，現在會是什麼樣子？晏秋為這個想法興奮起來。

像以前一樣吧，很可能再添一個內容，跟副行長的老婆吵架，鬥智鬥勇。

也不知她跟那個副行長是不是真有點什麼。

我猜並沒有，春曦也就一張嘴。

說得我都有點想念她了，你不覺得她不在，我們有點過於安靜了嗎？

威廉一笑：你知道我去機場送她，過了安檢後她衝我喊了句什麼嗎？

什麼？憋到現在才說。

她都已經走到通道裡面去了，突然跑回來，朝我大喊：威廉，生了孩子不要告訴我哈，他們會把你蹂躪成一盤渣的，我不要變成渣的威廉。

她其實對你有意思的，一開始我真的以為你們在談戀愛。

後來怎麼覺得自己看錯了？

我也不知道，一步一步稀裡糊塗就走成這樣了，我好像還問過你呢，為什麼不選她，而是我？

其實人並沒有選擇的權利，你見過掃地機嗎？人的一輩子就像一臺掃地機打掃完了回歸原位的過程，不管遇到多少錯誤多少障礙多少曲折，最終都會回到它命裡注定的位置。

你怎麼知道跟我在一起是歸宿而不是曲折呢？

我的確不知道，但我不能因為不知道就不往前走了。

是這樣啊。那我是不是也該做好準備，萬一你哪天自我糾偏，離開了我，我還得活下去啊。

打住，不要再說了，給你媽知道，肯定理解成我們在為春曦吵架，那還了得！欺負我女兒，我殺了你！抄起菜刀就要砍我。

你們男人才那樣呢，我媽沒那麼凶殘。

兩人本來慢慢走在回家的路上，聽晏秋這麼說，威廉停了下來：砍人就一定是凶殘嗎？我看過一本書，是一個刑偵專家寫的，他說以他幾十年的調查來看，那些殺人的人，往往都是膽小鬼、受欺凌者，以及極度沒有安全感的人。

行了行了，不是隨便聊聊嘛。

快到家了，晏秋老遠就看見母親的黑影在門邊一閃，她知道母親喜歡偷偷觀察他們倆，尤其是他們進進出出的步態，母親確信，一對夫妻怎樣走路，就在怎樣生活。

進了房間，威廉去洗澡，晏秋來到冰箱前，長距離步行之後，她喜歡打開冰箱找點吃的東西。

有一小碗醃黃瓜，晏秋端出來，剛一撕開保鮮膜，忍不住胃裡一陣翻騰，差點嘔了出來。

其實什麼內容都沒有，只是乾嘔。

母親的聲音冷不丁地響起：這個月來了嗎？

她當然知道母親指的是什麼，從她初潮之後開始，母親就密切關注她的月經，但從不指名道姓提那兩個字，只說半截，沒有主語的句子。來了嗎？走了嗎？

她想了想，搖頭。

母親點了點頭。

下部

還是朋友

帶木耳邊的粉色衛衣

晏秋牽著一隻金毛、一隻貴賓，送桔子上幼稚園。

清晨的馬路寂靜，光滑，人車稀少，兩人兩狗興沖沖走在海市的街道上，似歡歡騰騰的千軍萬馬。

她喜歡這種感覺，乾淨、新鮮、自由。為了與清晨的微風相配，與漂亮的狗狗相配，與幽靜的馬路相配，晏秋特地找出一條輕薄的絲質長圍巾，當她昂首向前的時候，當她的孩子和狗狗圍繞在她腿邊愉快地往前衝的時候，她感到風都在向她轉過臉來，梳理她的頭髮，整理她的圍巾，她彷彿得到天地間的所有寵愛。

沒有人知道狗狗其實不是你的，沒有人知道你並沒有可以養狗的大房子，沒有人知道你心裡有很多憂愁，也沒有人知道你來自哪裡，過著什麼樣的生活。人們看到的，永遠只是你表演出來的生活。晏秋揚揚頭，假裝自己真的過著此刻擁有的生活。

狗狗的主人跟晏秋在同一個社區。打從她帶著桔子從老家出來那天開始，節流就成了她生活中的第二主題，第一主題當然是開源。離家前就從網上聯繫好了一份托兒所的工作，後來發現一份工作根本不足以應付開支，又找了第二份，第三份，後來發現就連送桔子上學這點時間也是可以利用起來的。桔子喜歡在社區裡追著人家的狗玩，見了狗就走不動路，狗的主人正好苦於不能睡懶覺，於是當場成交，各償所願。一小時，十塊錢，不算多，桔子一天的牛奶錢有了，最大的收穫是擁有了與兩條狗狗相伴上學的美妙時光。

看得到幼稚園大門時，桔子的臉拉了下來。狗狗不能進校，甚至都不能離大門太近。為了不被門房師傅呵斥，晏秋只得提早出來，趕在上學高峰前到達，以免狗狗嚇到學生。這樣一來，桔子就比最早到校的學生還要早到十幾分鐘。大門微開，幼稚園裡一個小朋友都沒有。晏秋站在門外，目送剛剛跟狗狗撕心裂肺告別過的桔子進去，門衛室的伯伯在吃早餐，炸得金黃的酥塊在剛剛煎硬的薄餅間哢哢作響，連門外的晏秋都聽得見。桔子看得認真，忘了走路。晏秋說，明天早上我們也吃煎餅果子吧。桔子搖頭，他很聽話，她說外面有些早餐不健康，他就不吃。什麼時候才能向他承認家裡的早餐更便宜這個真相呢？

把狗狗送回去後，晏秋跑著上了公車，她要在八點半準時趕到點點早托班。

時間剛好夠她換上早托班鮮豔明亮的制服，迎接第一個孩子。那個孩子必定是優優，安頓好優優，她必定要跟優優媽媽聊幾句，她已經知道優優媽媽是個銀行職員，這讓她想起春曦，但優優媽媽的制服一看就比春曦當年的高級得多，版型、質地明顯不同。這才是制服，她想，春曦當年的充其量只能叫工作服。

只要想到春曦，哪怕只是一閃念，甚至在某地看到春和曦這兩個字，臉上也會飄來一片陰影。

一年前，那時她剛剛產生帶著桔子移居海市的念頭，她打電話告訴春曦這個念頭，話還沒說完，春曦就在那頭嚷了起來：

你是不是瘋了？你以為你現在還是以前，一個人吃飽了全家不餓？你現在已經不適合發瘋了。

有我陪在他身邊，能出什麼問題呢？留在家裡做留守兒童才容易出問題呢。

只要走出來，你到哪裡都是外來者，外來者就是邊緣人群，他很可能會受到本地孩子的欺負。

留在宜林，也是邊緣。

總之你出來的想法是錯誤的，你現在的首要任務，就是儘快從廢墟上站起來，而不是沉湎過去。春曦說。

誰還沉湎過去？告訴你我早就不想他了，早就只剩下恨了，一個成年人，一個父親，怎麼可以這麼不小心？分明就是沒有責任感。

有責任感就不出事故、不出意外了？

每次在電話裡聊到這裡，兩人就無話可說了，晏秋很無奈，她明明是想通過電話向春曦靠近，但往往只能得到一個相反的結果。

她還沒把真相告訴桔子，她也從來沒向桔子講過任何一種死亡，再說也沒有遺體，更沒有葬禮，她甚至不能到派出所去報死亡人口，因為她拿不出火葬之類的死亡證明，她拿不出任何一種證明來向桔子說清爸爸已經死了的事實，既然她沒法告訴兒子這個事實，那她也不能當著桔子的面哭泣，更不能指著浩蕩的江面告訴兒子：你爸爸正在水下長眠。

但她控制不住一看到桔子就眼睛發酸發脹。沒有爸爸的人生會是什麼樣的人生？她想起威廉下水前對桔子的親吻，當時就有點奇怪，威廉不是個習慣親吻的人，即使在家裡，也很少見他親桔子，他可以抱他，牽著他的手走路，讓他騎坐在自己肩上，就是很少用嘴唇去親近自己的孩子。但那天他卻做到了，在水邊，大庭廣眾之下，她清清楚楚地記得，他親了兩次桔子的臉。他也有預感吧。命運總是在人未曾察覺的時候給一些莫名的暗示。

威廉不是個喜歡表達感情的人，開始她以為那是酷，是他的風格，懷孕的時候，他常常盯著她的肚子發呆，她特別感動，心想，等孩子生出來，不知道要被他寵成什麼樣子呢。但事實並非她想像的那樣，他一點都不像那些年輕爸爸，時時處處向自己的孩子表達誇張的愛意，相反，她好幾次看到他凝視睡熟的桔子，不是充滿深情的凝視，而是深入靈魂的觀察，桔子醒著的時候，他也觀察他，他像打量牆上的畫作一樣打量自己還不會走路的兒子。有一次，他一動不動地盯著桔子看，居然把桔子看哭了，哇哇大哭著要媽媽。

威廉很生氣：媽的，我是你爸爸，我還不能看你？

晏秋說：大人被你那樣盯著也會不自在的。

有一次，她外出回家，推門一看，父子倆你看我我看你一動不動，她以為他們在玩「我們都是木頭人」。還有一次，桔子哼哼著玩積木，威廉坐在離他不到三米遠的地方，一動不動地盯著他看，那眼神奇怪得讓人心驚肉跳，像在懷疑這孩子的來路，又像準備圖謀不軌，幸虧他就是孩子的親生父親，否則她真要懷疑了。

他像他爺爺！他盯著桔子，對走到他身邊的晏秋說。

那也不是不可能，不過，人家都說他長得像我。晏秋不喜歡聽人說自己的孩子長得像死去的人。

他就是像他爺爺，特別是發脾氣的時候，又醜又凶，活像大猩猩。

不許這樣說我兒子！晏秋真的生氣了，桔子怎麼可能又醜又凶，人家都誇他小帥哥呢，就算人家說的是客氣話，就算桔子現在還不算特別好看，但他胚子在那，再過十年，她敢肯定，桔子一定會變成人見人愛的翩翩美少年。她不明白威廉為什麼這麼挑剔。

又一次長久的、冷冷的觀察過後，他對晏秋說，這孩子將來肯定跟我不親，我看得出來，才這麼點大，眼睛裡就有東西了。

什麼東西？你才有東西！你觀察他的時候，像觀察一個外人，一個仇人，沒有哪個父親像你那樣。

他拒絕我，他不要我，他眼裡真的有東西。

真有東西也是你先有的，你有了他才有，他害怕你那樣看他。別說是他，你要是那樣看我，我也害怕。

為什麼他一生出來就要怕他的爸爸？我又沒打過他沒罵過他。親近父母不是人的天性嗎？

前世跟你有仇唄，只能這樣解釋了。晏秋懶得跟他爭執下去，她要做的事情太多，洗衣服，收拾房間，一家人的吃喝，無時無刻不在眼前的桔子。而眼下，僅剩的二十分鐘空閒裡，她必須把剛剛換下來的內褲和襪子洗掉，稍一拖延，所有的節奏都亂了，後面的一切都會隨之發生擠壓，會帶來變形和騷亂。她沒想到跟孩子一起來的，還有一臺巨大的時間碎片機，她的一天被攪得碎碎的，像米粒一樣。

等她洗完，一回身，威廉還在原地坐著，桔子面前擺著一串珠子，是晏秋從幼稚園裡偷拿回來讓桔子串著玩的，剛剛才挨過批評，這會兒，威廉的老毛病又犯了，他的視線愈來愈直，愈來愈硬。桔子感覺到了，抬起頭來，衝威廉笑，威廉沒笑，繼續盯著他，桔子不自在地移走視線，看看珠子，看看威廉，又去看珠子，又去看威廉，突然嘴一癟，哇地哭了起來。晏秋把桔子拉過來，攬在懷裡。有了晏秋的支持，桔子腰硬了，朝威廉揮舞著小胖手：不要看我，我不要你看我。

瞧你把他教得多好！威廉提起椅子，往旁邊一頓，走了。

園長突然打電話，讓她上去一趟。園長辦公室在三樓。

她很振奮，園長的聲音很溫柔，透著親切，這很少見。

她在園長面前非常不自信，這種感覺從入園開始，一直伴隨著她，園長個頭比較高，又燙著女市長那樣的髮型，身上散發著香水的氣息，她一到園長面前，就覺得自己粗手大腳，聲音粗鄙，不等開口，已失了底氣。

三年前她第一次來到園長辦公室，兩腿打著抖，像飄在雲霧中。她手裡拿著一張紙條，那是母親輾轉託了很多人才弄來的，很神祕很值錢的紙條。

徵地，拆房，為那些事，母親足足三年裡沒有一天停止吵架，和村裡吵，和熟人鄰居吵，和各種讓她填表簽字的人吵，目的只有一個，補償，達不到目的，她就要去政府辦公室自焚，結果發現她根本進不去那個院子，那就去上訪，背個蛇皮袋子，裡面裝上饅頭和菜刀，一個活命，一個保命。晏秋就從那時起變得不愛說話，母親讓她產生了古怪的羞恥感，母親跟人嘶吼時，唾沫橫飛，乳房彈跳，連肚皮都在一抖一抖的，像在給她幫腔，母親還學會了跺腳，一邊跺腳一邊跳草裙舞般搖晃，似乎想要把全身都搖成碎片摔出去，摔到跟她吵架的人臉上去。但到了夜晚，她總能設法讓自己平靜下來，把搖散的碎片連綴起來，平攤在床上迅速睡上一覺，次日早上起來，重新尋找下一個吵架對象和機會。吵到後來，母親突然多了個容易暈倒的毛病，而且總在關鍵時刻關鍵地方暈倒，嘴邊掛著白沫子，手腳抽搐。她知道那是母親的演技，她勸母親算了，母親兩眼一瞪：怎麼能算了？任何事情，你不去拚死命要，就沒人給你。她說她都沒法複習了，因為家裡總是雞飛狗跳。母親反過來譏笑她：你上你的學，我吵我的架，自己學習不好不要在我這裡找藉口。話又說回來，我多贏一次不比你讀個大學差。有一天，母親突然跑到學校來，問晏秋對高考有多大把握，晏秋那次剛好數學沒考好，沮喪地說，上一屆，總共考走了二十一個，我現在的排名在三十名左右。母親眯著眼睛站在大太陽底下，張著嘴，胸脯一起一伏，像被扔上岸的魚：把握不大啊！她看見汗珠從母親的皮膚上密密地濾出來。良久，母親果斷地說：那就直接去上班吧，我現在就有一份幼師的工作給你，我就快拿到手了。

於是晏秋拿到了那張手寫的紙條。她從沒聽說過那個紙條上的人的名字，她記得她把紙條遞給園長時，園長的眉頭不自覺的皺了起來，而當她看到紙條右下端那個名字時，緊皺的眉頭忽地舒展開來。園長問她有什麼特長，她說唱歌。園長說：嗯，不錯。

園長安排她做一個老師的助理，在母親看來，就是學徒，她自己則認為是實習。沒多久她就完全適應了，小孩子其實很好帶，沒她想像的那麼麻煩，但也沒她想像的那麼好玩。

她走後半年，高考開始了，整整三天，她提不起精神，堅持不用正眼去看母親，母親竟沒發覺她的異樣。一個多月後，她一直低落的情緒終於回升到原來的位置，這一屆，她所在的那個二流高中，進步不大，專科以上總共只錄取了十九個。她想想自己的名次，覺得母親有時候還是很英明的。此後她一直情緒平穩，說話帶笑，她的工作放大了她性格中天真爛漫的一面，她像一朵藏在角落的小花，靜靜地開了。

不止她的工作，母親還贏了一套房子，郊區的三層小樓，她沒有白白吵架，白白暈倒。

春曦代她的同事來接小孩的時候，晏秋正跟教室裡剩下來的幾個還沒被家長接走的孩子玩丟沙包的遊戲，她聽到身後有動靜，彈跳起來撿起沙包去追小朋友的樣子，後來一再被春曦提起。你一點都不像個大人，跟他們相比，你就個頭比他們高出一大截而已。每次等候家長來接的那段時間，孩子們總是玩興正濃，不願離開。

你很喜歡幼師工作吧？春曦問他。

我不知道，因為我只做過幼師，沒做過別的。但我喜歡孩子，這一點是肯定的。

那些人應該慶幸他們的孩子能遇上你。

這是晏秋當幼師以來，第一次有人誇她的工作。她覺得這誇獎比年底發的獎狀還重要，因為她之前並不認識春曦。這誇獎帶來的後果是她比以前更熱誠地投入幼教工作，她知道自己沒有專業背景，就買來好多幼稚教育以及心理學方面的書，拿出備戰高考的勁頭來啃，她希望能靠自己的努力解開園長第一次見到她時皺起來的眉頭。事實上她後來從沒在工作上被人指責過，反倒是有年年底，幼稚園開茶話會，園長無意中坐到她旁邊，兩人聊了起來。先是從手指聊起來的，大家都在吃瓜子，剝桔子，園長突然說，你們看晏秋的手指，這才是真正的「指若削蔥根」啊。晏秋不好意思地縮回來，她一直嫌自己手指上很多肉。園長索性把她手抓在手裡。哇！摸不到骨頭，又軟又滑。大家一起圍觀，起鬨，同時展示各自的手指，那些人畢竟年紀大了，脂肪不是變硬就是散掉，失卻彈性。園長就像才發現自己的麾下竟有這等人才一樣，一眼又一眼地看她，甚至湊到她耳邊悄悄說了句：好好幹，爭取轉成正式的。園長說完就去忙別的去了，晏秋好半天才回過味來，她竟然忘了自己進來時是簽了一份合同的，原來她並不是這裡的正式職工，她跟這些手指不如她美的人是不一樣的。

晏秋爬上三樓時，兩個年輕姑娘正從樓上下來，她注意到她們都穿著輕便又好看的白色運動鞋，像四隻白鴿子從她眼皮底下撲愣著飛過。

園長先誇晏秋長高了，更漂亮了，她臉紅紅地謙虛，園長突然話峰一轉，問她這幾天可曾聽見過什麼議論。

真的沒有？園長的表情讓她摸不清頭腦，似乎她如果真沒聽見，那麼她們的談話就沒有必要進行下去了。

園長最後下定決心把預約好的談話繼續下去。首先她聲明這並非她的意圖，她本人、包括幼稚園的全體職工對她的工作都是相當肯定的，但是，在有些規矩面前，她也沒有辦法。園長問她剛才有沒有看到兩個跟她年齡相仿的下樓的年輕人，晏秋想起那四隻白鴿子，點點頭。就是她們。園長說，她們剛從師範院校畢業，幼師專業，幼稚園一定要用她們這樣的，教委是這樣要求的，家長也這樣要求，所以……園長看著晏秋的眼睛，晏秋的心跳頓時達到不可能更快的程度。

只能委屈你去做保育員了，雖然你當老師有口皆碑。

差點要跳出喉嚨口的心總算慢慢回到自己的位置，已經比她的預期好很多了，她強迫自己鎮定下來，她必須跟園長說點什麼，很多想法瞬間湧上心頭，她想抓住其中一個，又覺得另一個更好，比較來比較去，她最後說了句：保育工作也很重要。

園長過來拍她的肩，誇獎她是好孩子，但她突然想起來，原來的保育員呢？那個皮膚黑黑下巴寬寬的保育員老師，她要去幹什麼？

園長又拍了拍她的肩，誇獎她人真好，肯為別人著想。不過，你不要管那麼多，你做好自己份內的工作就好了。

晏秋慢慢踱著回家，她想安慰自己，保育員也算幼教的一部分，但收效甚微，保育員無非是給孩子們做吃的，帶他們睡午覺，然後就是做清潔，充其量只能算是協助老師的幼教工作者。她還這麼年輕，身在幼稚園，卻不是幼師……

假的到底還是假的，她太清楚母親哭著喊著要求補償的東西，其實是怎麼來的。拆掉幾塊木板釘出一個閣樓，也算兩層樓，在牆上刷幾刷子塗料，釘幾片護牆板，就是精裝修，這不是母親的發明，母親沒這個智商，母親是偷偷從別人家學來的。月黑風高時，和母親一起去偷挖林場的樹苗，回來密密麻麻插在房前屋後田邊地頭，可以補償一筆青苗費，最可笑的是那口井，一個小姑娘，僅用一把鐵鍬居然偷偷摸摸挖出了一口井，技術指導居然就是半文盲母親。因為母親造的這些假，她的工作也摻進了假的成分，時間一長，假的東西就不可避免地暴露出來，坍塌下來。

也沒有權利生氣，對幼稚園，對母親，對誰都沒有權利生氣，如果當時春曦知道你是一個假的幼師，恐怕也不會交你這樣的朋友了，她口口聲聲都在說，你們做幼師的，親愛的幼師小姐，我的天真爛漫的幼稚園小阿姨，如果沒有這個身分，她要怎麼戲稱自己呢？高中肄業生？弄虛作假者？懺地補償者？

她決定先不告訴母親，不告訴任何人，她希望有一天，通過自己的努力，幼稚園能重新起用她到教師崗位上去。

她在衣帽間殷勤迎接每一個入園的孩子，像對待光臨自己家的小客人一樣，她像刷牙洗臉一樣認真清潔每一個角落，但她很快又沮喪起來，別看只是小朋友，他們也懂得誰的工作更高級更重要似的，他們只喜歡討好穿白鞋的大學生老師，對晏秋的殷勤視而不見。長久的殷勤得不到回應，她終於不耐煩了。小朋友似乎特別容易嘔吐，坐得好好的，脖子一梗，一攤東西就飆射出來了，她就得馬上清理地面、桌椅，孩子的衣服鞋襪，還有可能殃及別人。衛生間是重中之重，有些孩子特別嬌氣，看見地上有水，就嚇得跑出來，捂著鼻子喊髒，也有孩子總是粗心大意地尿到地上。吃飯尤其傷腦筋，並沒有專門的餐室，只能把小課桌擺好，把餐盤發給每個人，沒有幾個人吃飯是不掉到地上的，食物似乎更容易勾起人的投擲欲念，男孩們趁老師不注意，就把飯菜扔得滿地都是。她只得大聲吼他們，但穿白鞋的年輕老師似乎並不介意他們扔飯菜，也不介意他們的大呼小叫，沒有老師的幫腔，晏秋的吼叫顯得粗俗又無理，在孩子們面前也顯得沒面子。相比吃飯，睡午覺的場面稍稍好管控一點，新老師不在，就她一個人，她手裡拿個蒼蠅拍子，誰往起爬，她就揮起拍子在誰身上來一下。

某一天，終於有個小女孩特意跑到她面前來問她了：為什麼你不給我們上課了？為什麼你要掃廁所？

她只能說：因為廁所髒啊，不收拾乾淨小朋友們會生病。

我知道了，你現在不是老師了，你是阿姨。阿姨就是管這些的。

阿姨怎麼了？她板著臉質問了一句。孩子跑了。

她扔掉拖把，氣惱地坐在兒童馬桶上，怎麼辦？以後的日子，每天每天，都與拖把和抹布為伍嗎？她看看身上的粉紅色上衣，已經濺了好幾個濕點子，也不知道還能不能洗掉。難怪上次那個阿姨總是穿著花衣服，花衣服才最耐髒。

幸好威廉已經不在了，如果他看見她現在整天做這個，他會怎麼想？他以前可是很得意她的職業的，總說當幼師的女人最可愛，她想他指的肯定不是保育員。母親前幾天還在念叨，叫她在園長面前要懂事一點，能不能轉成編制內的職工，首先要園長點頭。

他們會把一個保育員轉到編制內來嗎？當然不可能，保育員一直以來都是幼稚園用來搞績效考核懲罰後進的不二人選，如果沒有保育員，每次的末位淘汰就將牽涉到那些編制內的老師，看來他們是不會把保育員固定下來的，鐵打的幼稚園，流水的保育員，這大概就是他們的策略。

一想到她的工作隨時可能被砸碎，她就緊張起來，抓起拖把走了出去。

放學了，幼稚園裡空空蕩蕩，晏秋滿腹心事，不想回家。她在樓下大廳裡緩緩擦洗，希望能拖到日落時分再走。剛剛失去丈夫，工作也變得搖搖欲墜，這些傷痛只有暗下來的天色才能掩蓋住。人生是從哪裡開始踏上下坡路的？她想弄清這個問題。

你還沒回家？園長突然出現在大廳裡，她拎著小皮包，是要回家的神情。

哦。晏秋心裡一顫，像端著滿滿一盆水，不小心被園長撞了一下，眼淚如水飛濺。

園長走過來，體貼地撩了撩她垂下來的髮絲。

放心，你的能幹我都看在眼裡。

那盆水徹底溢了出來。她能說什麼呢？不喜歡做保育員？好像不能這麼直接，這麼露骨。

孩子爸爸走了有些時候了，你也要打起精神，開始新生活了。看來園長可能誤解了她的心酸。

園長接著說：我們女人，哪個不是靠自己的本事在生活，男人對我們到底有什麼實質性的幫助？與其指望他們，不如指望自己的雙手，還有這裡。園長指了指腦袋，繼續說：我們這種小地方好像不大看得起保育員，其實在大城市，保育員的地位一點都不比老師低，聰明的家長都知道，對幼稚園的孩子來說，保育員的呵護，往往比老師的教育還重要，這個你懂的呀。

晏秋當然知道，至少增減衣服這一項，保育員可以比老師做得更好，她每天的任務之一，就是抱著一大堆衣服，走在做課外活動的孩子們後面。

將來你的簡歷裡會比以前多一條工作經歷，除了幼師，還有兒童營養師。園長意味深長地提醒她。

園長的話慢慢驅散了晏秋心頭的霧靄，兒童營養師真是個不錯的名字，有了這五個字，保育員就如同脫下陳舊的雜色便裝，換上了皇家制服一樣。

誰都沒想到，一件事情正邁著貓一樣不易察覺的腳步走過來了。

十一點二十，剛要開飯，一個女孩突然從椅子上站起來，顛顛地往外跑，邊跑邊喊：我要尿尿！

晏秋正在往各個餐盤裡舀食物，她手裡拿著一大一小一湯一飯兩隻勺子，她不能丟下面前那些眼巴巴嗷嗷待哺的孩子，跟著那個小女孩跑去衛生間，她一走，他們就會一哄而上，在她裝食物的大盤子裡亂抓一氣。她看了一眼穿白鞋的老師，意思是她現在手上沒空，老師不妨代她去一下衛生間，照看一下尿尿的小朋友。

穿白鞋的老師接住了她的視線，但沒在意，也許她以為它們是無意中碰在了一起。

她只得提醒白鞋老師，某某去衛生間了。

老師點頭，表示她知道了。

老師還是沒起身。她不好直接說，某某老師，請你去下衛生間。她沒有給老師派活的資格，算了吧，孩子們早就學會自己上衛生間了，不止這個，他們連鋪床疊被都會了。再說她得趕緊把食物分發給孩子們，已經分到食物的孩子早已躍躍欲試，只等阿姨全部分發完畢，宣布「開動」呢。

一聲突如其來的尖叫，隨即戛然而止，晏秋渾身一怔，她太熟悉這種叫聲了，這不是暫停，而是小朋友在艱難的換氣，果然，一兩秒鐘後，山崩地裂的哭聲來了。

就是那個飯前上衛生間的小朋友，她摔倒在地，磁磚鋪成的臺階磕在下巴上，她們趕過去的時候，她正掙扎著往起爬，整個小臉的下半部分都是血，胸前的衣服、鞋面上都有血，血還在往下滴。

老師叫了救護車，園長也來了：先去醫院，趕緊聯繫父母。園長嚴肅地望了晏秋一眼，說：你也去醫院。

孩子的下巴縫了十六針，孩子的母親癱倒在地，嚎哭不止，如臨世界末日。我們是女孩子啊，你給我毀容了啊，將來怎麼找工作啊，怎麼嫁人啊。晏秋安慰她，孩子還小，不會留疤的，就算有點小疤痕，現在治療疤痕的藥物也很多，別太擔心。

不擔心？我在你下巴上來一道口子怎麼樣？我在你兒子的下巴上來一道怎麼樣？都怪你，你不是阿姨嗎？孩子為什麼會在衛生間摔倒？都是你沒弄乾淨，是你沒讓衛生間保持乾燥，是你對孩子照顧不周，聽說你以前是幼師，這學期讓你做保育員，你就心懷不滿，就把氣撒到孩子們身上。我要去告你，告你怠忽職守。

大火蓬地一聲就燒到她身上來了。其實她看到孩子的第一眼，她就有種強烈的預感，她的災難來了。

園長頂住了第一波巨浪，在她的掩護下，晏秋逃回了幼稚園，不過她接到園長的命令，不許回家，在園裡等她，她有話要說。

晏秋不想坐著白等，她拿起抹布，擦擦洗洗，像料理自己的家一樣。她知道將有大事發生，但正如耀眼的閃電過後，天空反倒有片刻的寧靜，她對即將到來的事情完全缺乏想像，也不想去胡亂假設。她擦窗戶，擦樓梯扶手，擦公用座椅，她讓腦子裡充滿這些抹布和灰塵，不讓那些恐怖的想像有任何立足之地。

你過來。天黑時分，園長終於疲憊不堪地進來了，路過她身邊時，園長沒有看她，只丟下三個字。

她緊隨著園長，盡量放輕腳步。園長進門就將自己摔進靠背椅，閉目養神。她給園長倒了杯水，放在她面前的辦公桌上。

就像受到驚嚇的狼狗一樣，園長呼地坐起，抓起水杯狠狠頓在桌上。水濺了出來，濕了資料夾，濕了園長的衣袖。晏秋抽出紙巾替她擦乾，被她一手擋開了。

不要你擦！假惺惺地擦什麼擦？你知不知道為了你，我今天被人家一家人圍攻？我他媽都快被人家一口吞下去了，你算老幾，值得我這麼保護你？我真不該把你放回來，我應該讓你留在那裡，讓你被那些人撕成幾塊吃掉。

我也不想跟你說太多了，我在那裡被人罵了半天，被人推推搡搡整了半天，我沒有力氣再跟你多說一個字了。園長找出一疊白紙，響亮地拍在桌上，又找出一支筆，拍在白紙上。

寫吧，說你不幹了。我已經替你說情了，你沒求我的事我都幫你做了，一點通融的餘地都沒有，人家說了，你不走，他們的孩子就走，不光他們一家的孩子，他們會去煽動所有家長，讓他們都把孩子轉走，因為這裡的保育員是個只知道打扮的花瓶加白痴，對孩子根本沒有愛心，更談不上負責。我也不把事情做得那麼絕，我不開除你，也不給你任何懲罰，你辭職吧，你不走，我的幼稚園遲早要垮。

晏秋本來想去拿筆，突然停下：我可以辭職，但我需要說明一下，我不是花瓶，我也不是只知道打扮的人，我根本就不打扮。

人家親眼所見呀，說一個保育員，成天弄得粉嫩粉嫩，一朵花兒似的，路過鏡子就照一下，路過玻璃窗也照一下，還說我要是有這麼漂亮，我也不願幹保育員，不說去當演員，至少也要當個幼稚園老師，怎麼能讓我幹保育員呢？

到底是誰發現了她照鏡子的事？好像只有一次，她從衛生間出來，在洗手池那裡洗了手，順便轉過身子看了看背部，那件圓領的粉色衛衣，它的背後有一排大大的木耳邊，她想看看它們在後面的效果。那是她考慮到自己的職業，專為取悅小朋友而買的。她剛剛轉過身，還沒細看呢，穿白鞋的老師就進來了，她記得老師還讚美了那件衣服，她也告訴了老師是在哪裡買的。難道是她？是她告訴了家長？

我是個厚道人，我不會把你的責任事故形成文字，塞進檔案。你要推薦信我也可以給你寫，我只有一個請求，你給我走，你不走我的幼稚園就得垮。

她央求園長再給她一次機會，最後一次。

不關我的事，是人家不給你機會，人家說了，這事不解決，人家不會把孩子送過來，現在知道我有多大壓力了吧。

我絕對不會再給你帶來一絲一毫麻煩了。我保證。

除非你一個一個去求那些家長，向他們保證，並且讓他們在你的保證書上簽字。

每個家長都要去求嗎？她聽到自己的聲音乾巴巴的。

園長的嘴角扯了一下，扯出一個怪異的笑，晏秋突然清醒過來，算了，已經沒必要去幹這種傻事了，他們絕對不會成全她的傻事，他們只會把她撕成碎片。

幸虧她還有個先她一步出去探路的好朋友，她只需步她後塵去追趕她即可。

原來朋友就是這樣一種存在，影響你穿衣，影響你吃飯，影響你交友，關鍵時刻，引導你走向一個從未設想過的新方向，原來上天賜給你一個朋友，就是給你埋下一個伏筆，就是向你暗示生命的另一種可能性。

但她不想現在就告訴春曦，威廉出事之後她已跟春曦表達過類似想法，被春曦斷然拒絕，還罵她是瘋子。現在，退無可退的時候，她已顧不得春曦的反對了，她決定一不做二不休，直接殺到那邊去。這有點像春曦的風格，她果真被朋友影響了。她警告自己，千萬不能依賴春曦，成為春曦的負擔，她必須安頓好自己，包括找工作、找住房，然後奇蹟般出現在春曦面前，只有這樣，她們才是站在同一水平線上的朋友。朋友之間，必須平視，而不是仰視。

她瞞著所有人偷偷安排一切，找工作，找房子。一家早教機構看了她的工作經歷，決定要她，她大受鼓舞，乘著喜悅的心情一鼓作氣把房子也搞定了。還好威廉以前賺得比她多，至少前兩年，她打算用存摺來對付剛到海市的生活。她關上門，坐下來給母親寫信。

明天一早，她就要抱著桔子出門了。她不敢告訴母親她被迫辭職的事，更不敢告訴母親她的兩隻行李箱已經分批收好，寄存在火車站裡。她不敢多帶東西，怕被母親察覺，只帶了些日常替換衣物，取下一張威廉的照片放進錢包裡，想了想，又在行李箱裡加了一件東西，那是他們旅行結婚途中，威廉買下的愛物，一套高級髮藝剪，服服帖帖插在訂製的手工牛皮包裡，那時他說，這個可以作為我們的傳家寶收藏起來。還真是一語成讖呢。

她在信中撒了謊，說春曦替她在那邊找好了工作，仍然是幼師工作，那邊的工資可比這邊高多了，她會好好幹，過些年爭取把母親也接過去，一家人在那邊團聚，從此幸福地生活在一起。說不定我會在那邊給桔子找個爸爸的。她也交代了為什麼要瞞著母親做這個決定，因為她知道，母親一定不會同意的，長這麼大，她從沒離開過母親，其實她也捨不得離開母親，但是，一個人、尤其是女人，總是要離開母親、離開家的，她要趁母親還在，先練習起來，適應起來。她要母親好好保重，就算她在外面受傷了，回來還能有個撒嬌的地方。

寫完了，她讀了一遍，把自己感動得兩眼濕濕，這意味著，母親也會被它感動，那就好，至少比一見之下，火冒三丈要好得多。

把信封好，藏好，接下來，她要辦那件最重要的事，她到底還是沉不住氣，不能忍到最後，她想在出發前給春曦一點暗示。

不能在家裡打電話，她擔心某種神祕的力量會收錄她的語音，轉告給母親。

她來到外面，站在一條荒廢的小路上，正要打電話，突然想起一件事來，萬一春曦暴跳起來又給她一通臭罵呢？萬一春曦把她孤注一擲的計畫也擊碎了呢？想來想去，她決定先給春曦發條訊息：我已買好來海市的火車票，我和小朋友一起。想了想，又發了第二條：不是旅行，是遷居。

她料定春曦不會拖太久，她猜春曦正一臉驚恐地看著手機。

果然，春曦憤怒地回了：瘋病又發作了？不要說你是來找我的，我負不起這個責。

沒人要你負責。

那好，我已經知道了，以後不要再向我彙報你的行蹤，我忙得很。

春曦的反應沒有超出她的意料，她了解春曦的風格，她只是在表達她的意外而已，她不可能真的不見她，不理她。她想像她們乍一見面的樣子，春曦肯定會瞪著她走過來，一直走到她身邊，撞她一下，或踢她一腳，罵道：死女人！但過不了多久，她就沒事了，她們又能沒頭沒腦地膩在一起了。

現在，她要回去做飯了，讓母親享受一頓女兒親手製作的晚餐，菜單是昨天就擬好的，全是母親愛吃的那幾種。

她做得很用心，豆腐回鍋肉，油淋茄子，蝦米蒸蛋，都是尋常小菜，卻前所未有地成功。最後一個菜剛剛出鍋，母親回來了，帶著上托班的桔子。

怎麼辦？他的水杯又弄丟了，回來的路上我才發現。母親一臉闖了大禍的表情。

沒關係，家裡還有。

一個杯子幾十塊錢！見她這麼說，母親更痛心了。

明天我去找回來。晏秋聲音有點虛，明天她會假裝帶桔子去上幼稚園，一出門就從另一條路上逃掉。今天晚些時候，她會向桔子的老師請假，這樣一來，最早也要到明天傍晚，母親才會發現，原來桔子並沒有去上學。

母親並不意外，坐下就吃，還抱怨了一句：你把我的菜全都做了？那是準備吃兩天的。晏秋假裝沒聽到，明天母親就會反應過來的，以她對母親的了解，母親不會太傷心，畢竟幼稚園的事件發生在先，畢竟她也是在自求生路。晏秋洗洗手，拉著桔子坐到桌邊，問母親：味道如何？她實在不能忍受就這樣離開，以後母親回想起來一點特別的印跡都沒有。

你今天下班怎麼這麼早？母親總算想起來，平時這個時候，晏秋應該剛剛下班。

今天孩子們開運動會，放得早。她非常流利地撒了謊。

她教桔子給奶奶挾菜，桔子很快就喜歡上了這個動作，一直挾到奶奶碗裡堆得冒尖。

母親摸摸桔子的頭說：什麼都好，就一個缺點，跟他爸爸一樣，不愛說話，你得管管。

他的影響已經結束了，以後，要找個更優秀的人來影響他。晏秋向母親眨眨眼睛，她知道這才是母親最愛聽的。

母親果然很滿意她的態度：趁現在還年輕，眼睛不要光盯著那些冒尖兒的，老實，能幹，會生活，不逞能就行，他那種人就是愛逞能，不逞能他能……晏秋敲一下飯碗，母親及時打住，換了個語氣嘟囔道：害了一世界的人。

誰知道呢？說不定因禍得福呢。晏秋此刻只想討好母親，母親高興聽什麼，她就說什麼。

這麼想就對了。母親激動起來：你大膽往前走，拿不動的，背不下的，統統交給我。

晏秋知道那些拿不動的背不下的指的是桔子。她一改往日脾氣，唯唯諾諾，頻頻點頭。

桔子睡了之後，母親把晏秋叫到外面，一臉神祕地說：

我今天叫人給你算了一卦，他說你要交好運了，說你的貴人正在一個拐角處等著呢，只要你出門。

出門？出門往哪個方向走？很遠嗎？晏秋的心猛地跳了起來。

他沒說，我也沒問，總之不要老是待在家裡就行了，貴人又不會找到家裡來。

好，我出去。晏秋點頭，將來跟母親解釋的時候，她又多了一個理由。

一出火車站，她就掏出手機，春曦的號碼被設置在最方便的位置。

她希望春曦的聲音能幫她抵抗一陣從未想到過的壓力。她沒想到一下火車竟會有種溺水的感覺，她急需一個熟悉的聲音把她從滾滾人流中拉起來。

但她只聽到一個聲音：您撥打的號碼暫時無法接通。再撥，還是這樣。

心臟瞬間加速，喉嚨一哽，差點吐了出來。

一連撥了三次，都是無法接通。她想起之前春曦罵她的那些電話，她不會是來真的吧？

桔子仰著頭，搖她的手，眼巴巴地望著她。等一下，媽媽打個電話，啊？桔子乖乖地拉著她的手，他看上去很享受他的第一次旅行。

無法接通，無法接通，還是無法接通。

這時她已經心慌意亂了。無法接通是什麼意思？不在服務區？手機沒電了？還是她設置了不予接聽？如果是最後一種，她怎麼辦？回去？回去跟母親解釋、大吵一架、從此在母親面前抬不起頭？可是她連這邊的房租都交好了，怎麼說也要把房租先拿回來吧。硬著頭皮往前走吧。

她牽著桔子的手，走向路邊。她要打個車，讓陌生的司機帶她去那個網上租好的家。桔子停下來叫喊：媽媽，你捏疼我的手啦。她趕緊鬆開，也顧不得替他揉，拖著行李讓他自己跟著走。

坐上計程車之後，晏秋再次撥打春曦的電話，仍是那樣，您所撥打的號碼暫時無法接通。

新家看上去不錯，房東把房子簡單裝修了一下，雖然有點小，但該有的東西都有，多少給了她一點安慰。

行李箱打開之前，她去了趟衛生間，忍不住又撥了那個號碼，還是無法接通。她看到那個號碼後面有個括弧，裡面記著她撥出的次數：21。

不要再打了，再打下去，自尊心要受不了了。她決定至少今天不再打這個電話。

她從衛生間出來，一把抱住桔子，用誇張的聲音給自己打氣：桔子，喜不喜歡我們的新家？桔子說喜歡，她就拚命親他：那好，我們今天就算正式搬家了，從此以後，這裡就是我們的家了，從此以後，我們就在這個地方相依為命了。

外婆呢？

外婆啊，過幾天我們把外婆也接來。

爸爸呢？

爸爸在坦尚尼亞，過幾天就會回來的。

爸爸在第三世界搞國家援建。這是她新想出來的辦法，估計這個謊言可以維持好幾年，幾年以後，桔子也大些了，她再想想怎麼跟他解釋。

她帶著桔子去附近轉悠，超市，菜場，都找到了，還有個勉強算是小公園的空地，一些小孩子在那裡吹肥皂泡。她讓桔子去抓肥皂泡，自己靠在樹上盤算怎麼開始她的新生活。

第二個打擊跟著也到了，當她按照約定時間趕到那個早教機構時，才發現還要面試，等著面試的人走滿了整個走廊，每個人都一臉戒備地打量著新來者，好像下一個進來的就是搶走自己飯碗的人。

輪到晏秋了，她沒有穿那件讓她失去工作的木耳邊粉紅衛衣，她穿著精幹的深色上衣和褲子，頭髮在臉後紮成一束，她汲取教訓，盡量把自己打扮成老師模樣。

一番關於工作的常規問答之後，面試官們拋出一個問題：

你是外地來的？

好像他們才知道這一點似的，她解釋，她已搬過來，一切後顧之憂都已解決好，只等上班了，一個年紀大些的問：我們的工資不算高，你還要租房，生活沒有問題嗎？她咬著牙撒謊：我會在這裡買房，慢慢定居下來。

然後他們就叫她回去等通知。她站起來，一時不知該往哪個方向走。她以為工作已經找妥了，沒想到還要面試，面試還是這種結果。

剛一出來，她就條件反射般想要給春曦打電話，可她一看到21那個數字，又猶豫了。21是她的自尊底線，一定不能再打了。

面試官的反應讓她對自己的理解力充滿了懷疑，當時的聯絡到底是哪裡出了問題，竟讓她以為工作已經搞妥了。

第二天下午，面試官電話來了，回答是不予錄用，因為他們原則上不錄用沒有常住戶口的人。晏秋的火氣一下子就上來了。難道我報名的時候隱瞞了我的戶籍嗎？當時你們就拒絕的話，我不會大老遠地跑過來。

我不知道是什麼人在審核你的求職申請，但我們這裡，尤其我們這一行，對身分的限制是很嚴格的。原因你懂的。

就像做了一場噩夢，基本上只有回家一條路好走了。看來春曦說得對，不是每個人都適合出來混。也許春曦正是堅信這一點，才殘忍地掐斷跟她的聯繫，目的就是為了把她逼回去。

那麼，明天開始，帶著桔子出去盡情地玩幾天吧，玩個七八天上十天，再愉快地回家去。所有走不通的路，都不是自己的路。她這樣安慰自己，倒也慢慢平靜下來，除了受點經濟損失。幸虧她當時沒有答應押三付一的要求，她只多付了一個月押金。如果她住不滿一個月的話，她希望能把押金要回來一部分。

房東家離她並不遠，同一個社區，只隔一條樓間小道。房東老太告訴她，原本他們有一套大房子，後來換成了兩個小套，算是以房養老。老兩口白天帶孫子，到了晚上，兒子兒媳會過來吃晚飯，順便接走孫子。這天，老太是給桔子送玩具過來的，她孫子的玩具太多了，擺著也占地方，就想著送給桔子。晏秋猜她是來看看新租客的生活，順便看看自己的房租是否可靠。

因為心裡在謀劃退押金的事，晏秋對老太格外熱情，把老太哄得笑眯眯的。老太也很友好，問她在哪裡工作。晏秋覺得正好可以說說押金的事，就嘆了口氣，換成一副難過的表情，講起面試未通過，只能打道回府的事，順便提出希望能退給她押金。

押金好說，不過你才剛剛過來，為什麼就急著回去呢？又不止它一家招人，到處都有招人的公司，年輕人找份工作並不難，你再試試嘛。

晏秋說：我的擇業很受限制，我本來是個幼師。

幼師？幼師多好啊，難怪你的兒子看起來彬彬有禮的。老太上下打量了她一陣，突然說：跟你商量個事吧，就怕你不願意。

原來老太的老頭子剛剛摔斷了腿，躺在床上，老太一個人既要照顧老的，又要照顧小的，有點忙不過來，正好晏秋現在求職未果，暫時閒在家裡，就問晏秋，一隻羊是放，兩隻羊也是放，願不願意幫她帶帶孫子，費用從房租裡扣。房東指指自己的腿說：不會太久的，醫生說了，最多兩個月他就能走路了。

晏秋立即答應下來，桔子不正好需要一個小玩伴嗎？就當是給桔子一個快樂的假期吧。

簡直是上天對桔子的恩賜，自從有了房東家的小朋友，桔子每天一睜眼就歡天喜地的，兩個小人兒在社區裡踩滑板，挖沙子，追野貓，不亦樂乎，晏秋遠遠地跟著他們。偶爾房東老太也會下來，跟她一起晒晒太陽，看看孩子，聊聊天。老太的樣貌已經衰老到了極點，談吐倒還有條有理，不時出語尖銳。晏秋說到工作難找。老太說反正你也不急需工作，慢慢等唄，總會有適合你的。晏秋一笑：你怎麼知道我不急需？

急需工作的人不是你這樣的長相，也不是你這樣的表情。

她並不清楚這句話的真正意思，但她聽了覺得很舒服，就像她來找工作不是為了活命，而是為了解悶兒一樣。她順著老太的話說：不管怎樣，人必須工作，工作可以延緩衰老。

誰說的，你看看我，十九歲就參加工作了，五十五歲才退休，退了休又被返聘十年，現在繼續在家裡沒日沒夜地勞動，結果呢？我覺得我比那些家庭婦女老得更快。

老太的確不像個退了休的職業婦女，她幾乎成了禿頭，滿臉活動的皺紋，深度近視眼鏡後面的眼睛相當怪異，讓人懷疑她很可能是盲人，總之，她是大刀闊斧地衰老了。

不可避免地，老太問到了桔子的爸爸。

晏秋差不多已經信以為真了：他在援外，在坦尚尼亞。

那你乾脆不要找工作了，我知道他們援外的人拿的是雙份工資。

晏秋笑笑。

第二十天了，再過幾天就滿一個月了，這天晏秋沒等房東老太來接孫子，主動給她送了過去。

她想趁這機會提提押金的事，一拿到押金，她就可以回家去了。

老太正在灶頭上熬粥，給晏秋打開門，立即回到鍋邊，拿一隻長柄勺緩緩攪拌著。晏秋走過去，接過勺子，替老太攪拌起來。

到底還是要回去？老太好像知道她進來的目的。不是我不想退你押金，是規矩如此，沒有人會把交上來的押金退回去的。

晏秋儘管已經預料到了，還是被老太的直截了當嚇壞了。不過，老太接著又說：你不就是在等從坦尚尼亞回來的丈夫嗎？回家是等，在這裡也是等，何必回去？我要是你，我就在這裡等，你看你孩子多喜歡這裡，玩得多開心。

晏秋說要回去找工作。

就在這裡找嘛，又不難，只要你要求不太高。上次我跟你說，我退休後又被返聘了十年，你知道那十年裡我在做什麼工作？

肯定是財務吧，你退休以前就是做財務的。

老太一笑，搖搖頭：做財務的年輕人多的是，他們一上手就是電腦製表，電腦做帳，我笨手笨腳，眼睛又不好，根本操作不來。實話告訴你吧，我做的是家政，我一天做三份工，比在單位做財務工資高多了，聽說有人最高可以做到月收入兩萬。

但是……

不要瞧不起這行，這行永遠不會失業，永遠不擔心養不活自己。

但我不喜歡做家務，我在家裡從來不做，都是我母親在做。

我當年也不喜歡做財務，我喜歡的工作是當老師。

晏秋心裡亂了起來，回去又能怎樣？回去也沒有工作在等著自己，唯一的不同是不用付房租而已，但跟母親的抱怨相比，她寧可付房租。

如果你決定不回去，我可以給你介紹一份工作。老太指了指自己：我自己再給你一份工作，你就有兩份工作了，房租基本不愁了。再來一份的話，生活費也差不多夠了。

我得想想，我過來是想當幼師的，我在老家本來就是個幼師。

幼師是幹嘛的？不也是看孩子嗎？看孩子不就是家政嗎？幼師看管的孩子更多，工資還不一定有家政高。

呃……我沒有……沒有思想準備。

等你做了你就會喜歡上它的，首先，它工作環境好，你想啊，哪個窮兮兮的家會用家政工呢？也沒有同事，不怕受排擠，沒有領導，不用看眼色，自由自在，自己對自己負責，可惜我明白得太晚了，早點明白的話，我會早點退休，早點去做家政。

我……兒子怎麼辦？

放到幼稚園去啊，隔壁社區就有個幼稚園，我認識那裡面的人，我幫你托進去。難道因為兒子你就不工作了？

老太拉開櫥櫃，取出一雙粉色塑膠長袖手套。

給你，這是我以前做家政時買下的，買多了，到現在都沒用完。不管是給自己做，還是給人家做，手是一定要保護好的，你的手就是你的武器。不如你現在就做我看看，做得不好我還可以提點提點，這方面我可是有經驗的。

你就為了留住我這個房客？

房客多的是，不信你試試，你今天走，明天就有人搬進來，我是替你著想，一般人我還不給她出這主意呢，我們倆這也算是緣分。

晏秋真就開始在老太家做了起來，她做到哪裡，老太跟到哪——一邊聊天，一邊伸出手來指點，時不時還親手做個示範。晏秋竟沒有難為情的感覺，更沒有做保母的感覺，就像是在親戚家閒聊一樣。以前母親帶她去外婆家也是這樣，從來不當自己是客人，遇上什麼就做什麼，跟在自己家裡一樣。

等你做熟了，人家就直接把鑰匙交給你了，就不會有人看著你做了，到那時你會覺得，除了你自己的家，你在外面還有很多個家，那種感覺真的很不錯。

除了你自己的家，你在外面還有很多個家？晏秋覺得老太的話裡有種難以言說的吸引力，她也從來沒有碰到過這麼老又這麼能說的老太，句句都是歪理。

但歪理實用啊，尤其現在前路不明，後退無路，做了一輩子財務的老太尚且能轉行家政，她又有什麼資格嫌棄這一行呢？何況她只是暫時過渡一下，只是抱著好玩的心態試一試而已。沒人知道她在做什麼，沒人知道她在哪裡，除了桔子，桔子在意這些嗎？他應該只在意送到他嘴邊的東西好不好吃吧。

試探著，猶豫著，粉色塑膠長袖手套慢慢用舊了。

晏秋鼓起勇氣給家裡打了個電話，母親並不像她想像的那麼暴怒，罵了幾句沒用的東西、糊塗腦子豬油蒙了心之後，火氣慢慢平息，問她春曦給她找的新工作怎樣，晏秋就撒謊：很好，我現在每天都很忙，桔子就在我工作的幼稚園，但不在我的班上，有時我們要等到放學時才能見上一面。他已經完全適應新環境了。

母親又罵了幾句就掛了。從母親的語氣裡可以聽出來，她沒少去她以前的幼稚園吵架，因為她說：不要讓幼稚園的人知道你在哪裡，我還得去找他們要人呢，那麼簡單就把人趕走的？

晏秋做了個夢，在夢裡，春曦倒是接了她的電話，但通話內容並不愉快。

春曦說：我就是不想見你這個瘋子，我要是見了你，就是同意你、慫恿你發瘋。

晏秋生氣了：平白無故的我能發瘋？我以前是個瘋子嗎？我天生是個瘋子嗎？如果你覺得我是瘋了才跑來找你的，那你也是瘋子，我就是被你帶瘋的。

所以你只會依賴別人，離了別人你就活不下去，先是我，後來是威廉，你別不承認，以前我們去買衣服，哪一次是你自己的主張？都是問我，這件好嗎？那件好嗎？只要我說好，像堆屎你也買。後來你又依賴威廉，你反正看不到自己跟他說話的樣子，眼巴巴的小奴才樣，老天爺最喜歡開這種玩笑了，你不是喜歡依賴別人嗎？好，我把那個人給你拿掉，我看你再去依賴誰。相反，那些有獨立精神的，老天爺偏偏又要獎給她一隻肩膀，不想靠也得讓你靠。活著真煩！

晏秋聽不下去了，她掛電話的動作非常慢，非常重，像在切一塊化凍不徹底的肉。她相信春曦在那頭都能聽見她掛電話的過程。

無法宣洩的憤怒把她憋醒了，睜開眼睛時，她甚至能在黑暗中聽見自己一下一下氣哼哼的心跳聲，很快，她便冷笑起來，春曦未免太自信了，竟沒看出來她所謂的依賴，不過是在很客氣地給她捧場，比如她讓春曦當她置辦衣服的參謀，不過是想藉機吹捧她的審美能力，以精神賄賂占有她的友誼。至於說她依賴威廉，依賴自己的男人，那不是天經地義嗎？

天一亮感覺又不一樣了，不管怎麼說，她又一次被拋棄了，以前是幼稚園，這次是春曦，這一次的疼痛感明顯比前一次更強烈。她感到自己像一個小泥點兒，所有的輪盤，所有會轉動的東西都在毫不猶豫地甩脫她這個小泥點兒。丈夫，朋友，這些她原本擁有的東西，現在一個都沒有了。放眼一望，這個世界上，除了母親和桔子，她唯一擁有可以依賴的人，目前似乎只有那個老得快要垮塌的房東老太。

所以她珍惜房東老太給她帶來的一切機會，珍惜在別人家工作的每一分每一秒，她認識到，原來的依賴全部作廢，家政才是她現在值得依賴的新事物，她手中的橡膠手套還是她唯一的保護者。

她帶著被拋棄的恥辱，站在別人家的水槽前洗別人的內褲。她習慣了不帶手套不幹活，除了在自己家，手套是唯一區分他人與自己的東西。房東老太說得對，從現在開始，她必須保護好自己雙手，從現在開始，她是真正靠自己的雙手吃飯的人。

李爺爺是房東老太為她介紹的第一份工作。這是個獨居老頭，生活自理能力在百分之五十左右，儘管如此，他的眼神還是有點不正經，所以晏秋在他家總是冷著臉，動作也很快，不給李爺爺任何涎著臉湊上來的機會。她討厭那張臉上的表情，他大概以為她是某種公共物品。

李爺爺的內褲特別寬大，展開來像個大號麵粉袋。男人的內褲真醜，真功能性，真可笑，為什麼不能讓他們像女人一樣蹲下來小解，為什麼要設計這樣一個小洞，指引他們用手去摳，這老頭也真噁心，他把洞口都摳髒了，摳破了。她抹上厚厚的肥皂，再抬起頭來，狠狠盯著牆上那隻相框，使勁搓，開始時又糙又硬，肥皂揉開，就變得又柔又滑，再搓一會，就是她要的又柔軟又爽利的感覺了。

李爺爺在衛生間裡喊：你來了沒有？

人老了，聲音也變醜了，像含著一口痰。不等他喊第二聲，她衝了過去。

李爺爺三天洗一次澡，晏秋一進門就去刷浴缸，放水，放了大半缸，再把老頭放進去泡著，再去忙別的家務，泡好了他會喊她來洗。

洗澡是有額外收費的，否則她不會接這活。是房東老太建議她接的。不過幾分鐘的事，抵得上你幹兩個小時，再說也是在積德，老年人可憐吶。晏秋不願意，說她從沒給男人洗過澡，除了兒子。房東老太一笑：你覺得他還算男人？

晏秋拿起海綿澡巾，擠點沐浴露在上面，揉出泡沫來，再去擦背。要是人的身體到處都像背部一樣可愛就好了。老頭的皮膚很鬆，像一塊懸掛起來的豆腐皮，海綿每移動一下，皮膚就蕩漾起層層細浪。

把手套脫掉。老頭在抗議。

不好意思哎爺爺，我手指受傷了，要忌水。

聽我的聽你的？老頭用細弱但不容置疑的聲音說。

爺爺啊！她加快了手上的動作。

老頭緩緩轉過頭，像一隻大象，緩慢而堅定，不可逆轉，渾黃的眼珠透過一層不太乾淨的薄膜盯著她。

她只得取下手套，用指尖捉著海綿，盡量不碰到他的皮膚。

不要這樣，都要老的。老人的抱怨幾乎是一個字一個字呻吟出來的，晏秋想反駁，又擔心老人說話太多傷神，她聽說過一件事，一個鐘點工把一個東家老頭活活氣死了。

老頭反手拉住她衣服不放，示意她轉到前面來。她盡量不去看他的臉，小心翼翼地擦洗他的脖子、後耳，胳肢窩，胸口，肚皮，她不得不離他很近，嗅著他來自身體深處的腐朽的氣味，她拉起他的胳膊，站得遠遠地洗他的手指，一根一根地洗，指甲長且變形，呈鐮刀狀，她去找來剪刀，一隻一隻修剪。老頭的腿晃了晃，提示她該換個地方了。腳很噁心，因為很長時間沒走過路，以前留下的繭子和粗皮經水一泡，像進了水的麵包，稍一碰，就大塊大塊翹起，脫落。有一次，晏秋給他洗完澡出來一看，褲子上還掛著一片腐爛的腳皮，差點吐了出來。

晏秋的手被捉住了，濕淋淋的顫抖變形的手，牽引著她，不慌不忙地、堅忍不拔地牽向水裡，牽向他的私處，布滿泡沫和皮屑的水下，她碰到了一叢毛。她用力一抽，那隻手陡然生出詭異的力量，把她的手死死按在那裡。

喂！她嚴厲地喊道。

給我洗洗！

老頭閉上眼睛，微低著頭，皺紋叢生，掩蓋了表情，她不知道他在想些什麼。從她的角度看去，正好是老頭面部的中線，平整的額頭，不再挺拔但仍是高地的鼻梁，看不見嘴巴，只有一線下巴頦，這說明他有一張好看的嘴，至少沒有鼓突的牙床。晏秋突然對老頭生出了一絲憐憫，也許他真的只是想洗一洗那裡，不管怎樣，他已經老了，老得像嬰兒一樣坐在浴缸裡，既然如此，他就不能算是男人。

她咬住嘴唇，一隻手靜靜地覆蓋著那一攤類似死鳥的東西，是死去很久的那種鳥，奇怪，除了最初那一剎那，她竟沒有特別不適的感覺。

老頭一動不動，她也一動不動。

她讓自己去想一些事情，這個月的帳單，看不出輪廓的出路，離她而去的丈夫和朋友，沒有一個人知道她在給一個老男人洗澡，沒有一個人知道她正握著一個老男人毫無希望的陽具，沒有一個人在乎她的手握過什麼，人們只會對擦身而過的她有個大略的一閃而逝的印象：一個窮女人，一個帶孩子的窮女人，一個悽惶的帶著孩子的窮女人，一個孤獨的悽惶的帶孩子的窮女人。

這樣想過之後，手感竟不比搓洗內褲更噁心。她鬆開咬得發疼的嘴唇。這姿勢讓她腰背發痠，她悄悄移動一下身體，騰出另一隻手來擦拭浴缸邊緣。老頭不滿意了，提醒她動起來，她知道他想讓她幹什麼。

不可以。她輕聲說。

他不管，扶著她的手，指揮她，壓迫她，驅趕她。她沒再反抗，她都覆蓋它那麼久了還沒反應，再說他已經太老太老，老得跟小孩一樣，性器官與性無關了。

她順著他的意思幫他做了很久，死鳥仍然沒有復活的跡象。

他累了，胸口一陣起伏，長嘆一聲，揮手讓晏秋離開。晏秋沒離開，她得把水放掉，再打開淋浴龍頭幫他沖一沖。他全身鬆弛，心灰意懶，晏秋因為心生憐憫，倒來了精神，一手掌龍頭一手展開他的每一處褶皺沖洗，再擦乾，扶他起身，為他塗抹身體油，穿好衣服。老人一屁股歪倒沙發上時，就勢在她手上拍了拍，叫她把枕邊的書給他拿來，是《三國演義》，還有放大鏡，他從書頁裡拿出一百元遞給她，那是她的工錢，因為擔心自己隨時會死去，他不用月結的方式，每次都是當日結清。她剛剛放進口袋，老頭又拿出來一百，晏秋糊塗了：你剛剛給過我了。

那個，額外的。

晏秋有點猶豫。

他的手不耐煩地抖了一下，百元鈔票像新織出來的布匹一樣啪啪作響。

她接過來，邊幹活邊說：下次再不要讓我做那個。

但說了也是白說，後來每次，只要是洗澡的日子，讓她捉捉死鳥就是不可缺的附加產品。

後來竟不那麼難受了，她看穿了他，就是一星星快要熄滅的餘燼而已，就當自己是醫生，是護士，是足浴店的女工，並沒有真正侵犯到她什麼，只是一隻手而已，只是身體表面而已，當她給別人蹓狗的時候，她用它捏過狗屎，當她做清潔的時候，她用它握著骯髒的抹布，她的手早就跟她的尊嚴無關了。她反倒常常因此而遙想自己的老年，等她老了，牙齒掉光了，如果有個年輕力壯的小夥子來給自己洗澡，她會不會把他的手牽過來，搭在自己乳房上？也許會的，沒有欲念，只是想起往日，想起年輕的時光，臨時起意，做點小動作而已。

她的手漸漸粗糙了，不是因為幹活，而是因為洗手液。回到家，她必須用洗手液洗三次以上，才敢放心地去碰桔子，去抱桔子，去給桔子弄吃的，否則她怕那些別人的內褲和襪子、老頭的死鳥和皮屑，會在她手上留下某種看不見的細菌，再經由她的手，傳染到桔子身上、桔子的衣服上。

等桔子睡了，她拿起手機，望著春曦的號碼發呆，那個數字一直停留在21，春曦大概以為她已經回去了吧，她不會再給春曦打電話了，別說春曦不肯接，就算她接了，她要說些什麼呢？說她流浪到這裡做了保母，說她天天給人打掃，給人洗內褲和襪子，還給老男人洗澡？不，千萬不能讓春曦知道。

看來，她跟春曦之間真的失聯了，以前是聯繫不上，現在是她放棄了聯繫。

提神的黑皮帶

從李爺爺家出來，她要趕往另一家，這是她自己在仲介所登記得來的，經歷了比較正規的面談和試用。現在她已經取了他們家的信任和鑰匙，今天的任務除了打掃，洗衣服，還要包點餃子放在冰箱裡，她先去菜場取了餃子皮，不是冷凍的，是剛剛擀出來的，東家喜歡吃的新鮮的餃子皮，就來自這裡。

一共六十七隻白菜肉餃子，整整齊齊放在冰箱隔板上。晏秋又數了一遍，還是六十七。她把它們重新調整一下隊形，讓它們多出六隻來，剛剛多出七隻有點不自然。她從櫥櫃深處找出一隻飯盒，他們肯定忘了還有這隻飯盒。她把它洗乾淨，抹點油，把多出來的六隻餃子裝進去。桔子明天的早點有了。

她喜歡在別人家收羅早點，有時是麵包，有時是一小包麥片，對他們來說微不足道，對桔子來說，卻是半天的能量和營養，是她的一筆小錢。她不覺得內疚，她幹活認真，不管在哪家，都像在自己家一樣。

一切結束時，她不可遏止地來到衣櫃前。這是她最近發現的新大陸。

別人家的任何東西都引不起她的興趣，除了衣服。

她發現這家的女人總在買新衣服，而且總是買當季新品。她們竟然有著相同的型號，正是這一點，誘惑著她去偷偷試穿。

她把自己的衣服小心地放在腳邊，所有的動作都放得極輕極輕，以便有人開門進來時，她能迅速關上衣櫃，穿好自己的衣服。

她很小心，不弄髒，不弄皺，也不破壞那個女人放衣服的順序。

試穿多了，她慢慢摸出門道來，她能給自己試穿過的衣服暗暗做好標記，下一次她不會再在它們身上浪費時間，她只需試穿出現在衣櫃裡的新面孔即可。

這個女人可真有錢，除了新衣服，她衣櫃裡的衣架都在向晏秋透露有錢的訊息，不是普通的塑膠包鐵絲或鋁絲，而是木頭，或者什麼別的高端材料，兩端模擬肩膀特有的渾圓，不管掛多久，衣服拿下來不會有絲毫走形。

面對衣服，她難免想起春曦，春曦應該也像這個女人一樣給自己買了很多很多衣服吧，她一直是個買衣狂魔，說什麼一件新衣服可以讓自己高興二十七天，後來這個週期縮減成十七天，不知現在變成幾天了。如果春曦也像這家女人一樣，有著整齊寬闊的衣櫃，那麼她真的沒有資格再跟春曦聯繫了，不僅如此，她還要為自己執著地打了21通電話而羞愧。

從這家出來，她有半個小時的空閒，她決定走一走，家務活雖然不算重體力活，但每次做完，她都感到渾身疲乏，頭暈腦脹。外面陽光強烈，她只能垂著眼皮，看自己的腳尖，愈看愈覺得自己的腳尖像兩隻驚慌的小獸，在這異鄉的路上逃竄。

前面一陣吵嚷，伴隨著陣陣尖利的哭嚎，她趕緊隨著人群跑了過去。是個交通違規的女人，不服從員警的處理，結果被員警反擰胳膊面朝下死按在地上，她的孩子，看樣子不到兩歲，被好心人抱在手裡，哭得快要斷氣了。

旁邊兩個人的對話嚇到了她。

不識趣的女人，帶著個孩子，在外面幹嘛還抖狠？

這不叫不識趣，這叫不負責。我當年帶孩子的時候，走到哪裡都是小心翼翼，生怕惹上什麼，刺激到孩子。

哎你說，抱著她孩子的那個人，不會是人販子吧？

天哪，別這麼想，嚇死人了。

晏秋有點走不動了，冷汗從她額頭冒了出來，她肩上背的環保袋裡裝著六隻餃子，變成了沉甸甸的大石頭，重重地壓著她。她掏出飯盒，看了又看，轉身往回走去。

她把飯盒裡的餃子挑出來，放到一隻盤子裡，她相信東家可以這樣理解，餃子盤放不下了，所以保母給放在另一隻盤子裡。

她又來到衣櫃前，仔細察看剛才她的試穿有沒有留下痕跡。

做完這些再出來的時候，她心裡特別踏實，就像剛剛給桔子買了一份人身安全保險似的。

她去郵局交水電費，出來時因為走錯了方向，竟迎頭碰上電信分公司小小的門臉，她心裡一動，何不去問一下呢？她早就有這個衝動，早就想去電信公司當面問問，無法接通到底是個什麼情況，但不知什麼原因，一直沒能付諸行動。

電信公司那個高高瘦瘦的小夥子接待了她，他講手機出現這種情況只有兩種可能，一種是信號不好，一種是對方設置了來電限制。她問怎麼區分這兩種情況，小夥子繪聲繪色地告訴她，如果電話滴了一聲之後，再出現那句電子應答，就屬於來電限制，如果沒有滴的一聲，直接響起那句電子應答，就是信號的原因了。

她竟回憶不起來到底是什麼情況，她每次沒等聽完那句話，就生氣地掛掉了。她把電話交給小夥子，讓他幫她判斷屬於哪種情況。小夥子聽了一會說：好像是有滴的聲音的。他不放心，又撥了一次，這回他肯定地點了點頭，還不放心，打開免提，又撥了第三次，晏秋清清楚楚聽到了宣告電話撥通的滴的一聲。

死女人！總算把你給找到了。她大步從電信公司走出來，完全忘了再也不會跟春曦聯繫的誓言。必須做點什麼慶祝一下。她去飲品店給自己買了杯果汁。她根本不怕她的來電限制，她一定會想辦法衝破她的來電限制的。小夥子還告訴她，她每打一次電話，每發一次訊息，對方都是知道的。你也太沉得住氣了。晏秋含笑咬住吸管。

如果那是你的遊戲，我也會玩我的遊戲。

現在她覺得她成了貓，春曦成了老鼠，她遲早會把這隻老鼠引誘出來，遲早會把她摁在自己的爪下。

因為剛才又撥了好多次，那個數字已經變成37了，想必春曦那邊也是有顯示的，她能想像春曦每天望著不斷變大的數字哧哧發笑，也許她想等晏秋打到某個了不起的數字時突然現身，她做得出來，沒有什麼是春曦做不出來的事。不，我不能再打了。晏秋警告自己，得拿出新的策略來。

從現在起，一次都不能打了，要讓春曦以為，她終於戒掉了撥打春曦電話的癮，她相信春曦也會成癮的，拒絕接她電話的癮。她要讓春曦感到奇怪，這個女人終於把她忘記了嗎？終於退出她的生活舞臺了嗎？每天都響的電話，突然不響了，她會不自在的。

但克制畢竟很難，尤其是當她從電信公司得到那個解答以後。大約過了一個月，晏秋忍不住發了一個訊息過去：不管你在哪裡，不管你還在不在人世，我都要向你報告我的近況，我找到了工作，桔子上了幼稚園，我的流浪終於到了盡頭。謝謝你的用心良苦，如果一開始你就接納我，幫助我，我不可能有今天，至少不會這麼快。

她覺得春曦需要一個臺階慢慢走下來，這個臺階得由她去給春曦造。她要讓春曦知道，她根本不介意春曦對她的隔離。

有時她發一張桔子的照片，附上一句：那個造下他的人，應該不惜一切代價活下去，而不是像隻螞蟻一樣死得毫無意義。

有時也發自己的照片，最美的角度，最成功的自拍，在照片的下邊感嘆：坐看年華老去。

還有一天，她發了一張偷拍的照片，是兩個女孩無憂無慮的背影，她們在風中邁開大步，走得張揚。拍下這張照片，她真的傷感了，她彷彿看到了當年的春曦和自己，她們沒有哪一天不像這兩個女孩一樣，一起沐浴著黃昏暗銅色的天光，說些不知天高地厚的話，做些莫名其妙的蠢事，這一幕，不知何時已成往昔。

然後，按照計畫，她再次暫停。天氣該變一變了，她的生活並非只有亮色，只有懷舊，事實上她現在根本沒有亮色，她該呈上真實的顏色了。

春曦仍然沉默。晏秋愈來愈按捺不住，好幾次她拿出電話，又不得不縮回手指，不，時機還未到。

直到那個陰雨天。已經接連下了三天雨了，所有人都是一副濕漉漉忍無可忍的表情。她沉吟再三，小心翼翼地扔出一顆精心設計好的炸彈。

緊急求助！！！我遇到麻煩，人在派出所，估計今天出不去了，桔子還在幼稚園裡，如果你還在人間，千萬千萬麻煩你一次，下午四點準時趕到小星星幼稚園，幫我接一下桔子，否則他今天晚上就要淪為小流浪漢，被人抓去割走器官，或者弄成殘疾沿街乞討，請你看在死去的威廉份上，幫一把他的兒子。

她把這個消息複製黏貼發了三次，然後就開始了等待。

沒有任何動靜。

下午三點多，晏秋埋伏在幼稚園附近，魔盒就要打開了，春曦到底在不在那隻盒子裡，她會不會從裡面爬出來，就看這一刻了。

三點五十分，她看到了四年不見的春曦，她瘦了些，腰身比以前細了不少，一頭濕漉的短髮，一看就出自髮型師之手，她像當年的威廉一樣，把自己從頭到腳包裹在黑色裡，她化妝了，老遠就能看見她的紅唇。黑衣紅唇的春曦走在人群中有點搶眼，她比以前漂亮多了。

按照計畫，她走了過去。如果她不出現，春曦很可能領不出桔子，老師們是不會讓陌生人把桔子接走的，何況桔子根本不認識春曦。

近了才看清，春曦的黑衣樸素至極，最最普通的黑色工裝上衣，最最普通的黑色直管長褲，點睛之筆就是腰間那根提神的黑皮帶，有了那根皮帶，兩件普通之物突然都不那麼普通了。看來，春曦比以前更會打扮了。

她叫了聲春曦，春曦倏地回頭，臉頓時紅了。她扭身就走，晏秋撲過去，死死抓住她。

我今天是不會放你走的。她低聲喊。

春曦騰出腳來踢她，她不躲也不讓，任她踢。

春曦一腳踩在晏秋的腳上，使勁碾，晏秋忍著，春曦又騰出手來揍她，一拳一拳砸在她背上，肩上，胳膊上，她都忍著。

你打死我好了，打死我，把桔子給我領走。我早就厭倦了，所有的一切，我早就厭倦了。晏秋的聲音漸漸變了調，她才醒悟過來，她是真的厭倦了自己身上的一切，可又不得不假裝興致勃勃地堅持下去。

春曦瞪著她，終於不再攻擊她了。

死誰不會？為什麼他能死，我就不能死？我也可以像他一樣什麼都不管，一死了之。晏秋是真的傷心真的氣惱了。

你死呀，你怎麼不去死？現在就去死，去找一輛車，撞過去，去呀！春曦狠狠掐著她的胳膊，低聲吼道。

她從她的叫罵聲裡聽出了一絲絲以前的甜蜜歲月，突然安靜下來，揩乾了眼淚。

看你那個傻樣！居然像潑婦一樣揪著我。春曦鬆開了她，整理自己被弄亂的頭髮。不知道的還以為你搶了我男人呢。晏秋很是為自己的俏皮話自鳴得意。

春曦竟沒回敬她，只顧低頭整理自己的衣服。

晏秋帶著她來到自己的小窩。沒有客廳，沒有餐廳，沒有沙發，沒有茶几，看得見的只有床，衛生間的臺盆，煤氣灶，以及一隻冰箱。

何苦！放著好日子不過，跑這裡來弄得像個民工。

我們現在孤兒寡母的，只配過這種生活。

春曦在簡易餐桌邊坐下。現在勸你回去也晚了，我猜你已經習慣這種擁擁擠擠的簡陋生活了。

還真是，就是有點對不住桔子，他將來可能都不知道沙發是做什麼用的，也不知道怎樣在正兒八經的餐桌邊吃飯。一抬眼，無意中看到春曦的手腕上有個紋身，是一串古怪的字母，她不認識那是什麼。

晏秋沒說做家政的事，春曦也沒問她靠什麼生活，她想起她剛來的那會兒，告訴春曦她已聯繫好了一家托幼機構的工作。就讓她那麼以為吧。

春曦什麼都不願跟她說，工作，住所。

別想我把什麼都告訴你，也別指望我還能跟以前一樣，成天跟你膩在一起。我已經有了新的生活，新的朋友。

突然這麼討厭我了嗎……這個世界真的是奇怪得很，沒有一個人喜歡一個孩子媽。

還有誰不喜歡你？

你說，威廉的死會不會跟他不再喜歡我了有關，他不喜歡桔子，這一點我已經看出來了，他經常盯著桔子看，說孩子不像他，倒像他死去的爸爸，幸虧他爸爸已經死了，否則，傳出去人家還不知道怎麼想我呢。他不喜歡桔子，當然也不喜歡我，因為桔子是我生的，家裡兩個人他都不喜歡，所以他才沒有求生的意志，才會……你覺得我的分析有沒有道理？

不要總是提起這個人。

是啊，不提了，提也沒有意義了。但是，你為什麼突然不理我了？你知道這對我的打擊有多大嗎？我覺得天都塌了，眼前一片漆黑。我當然是衝著你才到這裡來的，否則中國那麼大，我為什麼偏偏選擇這裡？

我最不喜歡聽的就是這種話，我來這裡時也是一個人都不認識，熟人又不能當飯吃。我不想依賴你，更不想成為你的負擔，我就是想見到你，跟你說話。

還說不依賴！你這就是精神依賴呀，我討厭被別人依賴。

春曦直挺挺坐在小桌邊，顯而易見的抗拒姿勢，好像她知道晏秋要審判她，而她並不準備輸掉。

好吧，我道歉，我為自己如此思念你而道歉，我保證不再說那些話了，我把我們的過去像擦黑板一樣擦光。

當著孩子的面少說廢話。

桔子果然一臉好奇地看著這邊。春曦離開小桌，向他走去，摸摸他的頭，從包裡拿出一大盒彩色鉛筆。他們開始畫畫，桔子說了什麼，春曦咯咯咯笑出聲來。

一切正在慢慢復原，她早知道會這樣，春曦就是這樣一個人，面對面說話，無意中把人嘔死的機率至少有百分之三十。

冷不丁地，春曦抬起頭來喊：你還不打算給我們做飯嗎？

晏秋笑著走進灶間，好久沒這麼開心過了，春曦還是原來那個春曦呀。

晚飯還沒做好，春曦突然站起來要走。晏秋挽留她，她根本不理睬，笑嘻嘻跟桔子道再見。晏秋要送她到電梯口，她卻急不可耐帶上門，把母子倆關在屋裡。

晏秋拉開門追出去，春曦又換成那張氣鼓鼓的臉：今天是被你騙來的，這種狼來了的把戲不要再上演了。

你瘦了。晏秋猛地切換到另一個頻道。

我當然知道。

你也愛上黑色了嗎？不過你把黑色穿得很好看。

我現在從裡到外從春到冬全是黑色。說到衣服，春曦的態度柔和了些。因為我不想再為衣服那麼操心了，我要把它當成刷牙一樣簡單又不需動腦筋的事。只有黑色可以幫我做到這一點。

電梯來了，春曦搖搖手，一隻腳已經踏了進去，又被晏秋一把拽了出來。

一句話都沒說就走，你覺得合適嗎？

我們不是一直在說話嗎？

我要我們像以前那樣說話。

我們一直都是這樣說話的呀。春曦做了個極度驚訝的表情，好像晏秋對她有多大誤解似的。

晏秋一時不知如何表達，她只知道她們當年絕對不是現在這種樣子，她們當年說著說著就走到對方心裡去了，不是笑得直不起來腰，就是隱隱地想哭，而現在，她們光在表面上兜圈子。

感覺你現在瞧不起我這個老朋友了。晏秋覺得自己一下子抓住了重點。

就像我以前很瞧得起你似的。

晏秋臉上忽地一熱，她忍不住了，她要開始反擊了。

春曦，你的態度讓我想到一件事，以前你當我是朋友，是因為威廉，現在威廉不在了，你也就不想理我了。我的猜測對嗎？

我跟你說了不要再提這個人。

我也不想提他，繞不過去呀，他一直在那兒。

什麼東西都是有壽命的，人際關係也一樣，當我離開那裡，我們之間就已經中斷了，枯萎了，你光想著你的生活中沒有我了，你怎麼就不想想，我也沒有你很長時間了，我已經在新的道路上走出很遠很遠了。我也很艱難，我也很痛苦，但我不會回頭，我不會試圖在過去的沉渣裡翻出金子來。過去就像一件S號的衣服，而我現在已經要穿L號了。

晏秋臉上一怔，人就呆住了，春曦冷冷地望了她一眼，按下了電梯按鈕。

晏秋突然氣急敗壞地嚷起來：走吧走吧，冷酷的傢伙，虛偽的傢伙，不就是威廉死了，覺得跟我在一起沒勁了嗎？這麼喜歡他，怎麼不跟他一起去死呢？

春曦扶著電梯門，探出頭來說：是的，我是喜歡他，他也喜歡我，怎麼樣？

電梯關了，晏秋氣呼呼地瞪著緊閉的電梯門。最終她寬容地搖搖頭。幸虧威廉已經不在了，否則她真的要生她的氣了。

推門一看，桔子趴在飯桌上畫畫，他畫了一個披著長鬈髮的人，問他畫的誰，他指指另一張紙上的範本，一個光有長鬈髮沒有五官的人頭像，是春曦畫在這裡的，她一眼就看出來了，那是威廉的頭像。

晏秋找來一本書，叫桔子在那裡面找張圖照著畫。她將換下來的春曦的那幅小畫揉成一團，扔進了廢紙簍。

第二天一早，她發現手機裡躺著一條訊息，是春曦，凌晨三點給她發來的。

你這笨蛋，還看不出來嗎？我有難言之隱，把我忘了吧，也許有一天，等我處理好若干事情之後，會想起來找你，也許永遠處理不完，那麼，我們就只好相忘於江湖了，總之，如果我不跟你聯繫，你便不要聯繫我。

會是什麼樣的難言之隱呢？

晏秋沒時間多想，每天早上都是一場分秒必爭的戰役。那就等她吧，至少她找到了春曦，至少春曦有可能會再來找她。所以即便被她罵了笨蛋，也還是快樂的。

晏秋新近接了一份很特別的工作，是一家專賣文具兼賣烤腸和蛋餅的小店，時間是下午四點到五點半，剛好是她從幼稚園接桔子回家準備晚飯的時間，她本來不想接的，但小店的位置讓她改變了主意，離幼稚園不遠，時間上也正好，而且小店是開在小學門口的，晏秋無限嚮往地望著小學，桔子還有半年就要升小學了，雖然桔子沒有這裡的戶口，不能在這個小學讀書，但離小學近點，嗅嗅小學的氣味也是好的。

至於桔子，社區門口有個水果攤，水果攤對面就是門房間，她把桔子委託給賣水果的大姐，直到她回來。她會給水果大姐一點報酬，當然比她在學校門口的一個半小時少得多。

她愈來愈會玩這一手了，她去做別人家的家政，她的家政又交給別人來幫忙打理，這中間的差價大得令她滿意，她從中看出了某種可能，至少她在自己都不看好自己的情況下，一步一步走出了惶恐不安的境地。她覺得自己終於可以暫時性地停頓下來了。

店主叫曹開心，是個瘦削的中年男人，晏秋看到他的第一眼就在心裡笑了，怎麼會有反差如此巨大的人，明明叫開心，卻一臉愁容，彷彿剛剛受了打擊，從此將一蹶不振。既然如此，又開什麼店呢？他的店名也特別，居然叫聞一在此。

烤腸由曹開心做，她主要做蛋餅。很簡單的工作，餅坯有人送來，她只需要把餅坯攤在平底鍋裡，再打上一隻雞蛋，兩片火腿肉，等熱氣透過來，夾上一片生菜葉子，再用小鏟子鏟起半張餅，對折，翻個個兒，再加熱幾秒鐘就成。

放了學的孩子們，挾帶著熱汗的味道，一群群湧進來。這種搶購式的熱潮要持續四十多分鐘，才慢慢退去，而在放學之前，已經有過一趟家長搶購潮了，多半是爺爺奶奶，為了讓自己的孩子能在放學後第一時間吃上烤腸和蛋餅，他們一到學校門口，就開始了自己的訂製。晏秋向曹開心建議，再添一隻鍋，否則忙不過來。曹開心不同意：就是要讓他們急吼吼地買不上，一來就有，他們就不當回事了。

聽上去很有道理，但曹開心其實不是生意人，他說他之前在郵政局上班，後來辭了職過來的。晏秋沒細問，沒有什麼是不能理解的，春曦還從銀行買斷了呢，她自己還從幼稚園出來了呢。

晏秋過來的時候，學校裡還一片寂靜，聽不到上課的聲音，也看不到孩子在校園裡奔跑，學校安靜得像放了假。但一到四點，〈回家〉的薩克斯風一響起來，所有的聲音立即噴薄而出，腳步聲，喧鬧聲，由遠而近，由輕而重，快到小店門口時，呼呼的喘氣聲已蓋過一切，晏秋開始還很好奇，送出一張餅，喜歡看一眼接餅的孩子，後來漸漸來不及看了，她忙著尋找錢與餅的對應關係，這往往是一筆糊塗帳，她記不住自己做了多少張餅，也來不及細數小紙箱裡的錢，她讓曹開心過來幫她收錢，但曹開心好像並不關心會不會少收錢。人氣最重要。他說：我就喜歡他們一放學就往我這裡跑。最後一個餅賣完，她把紙箱往曹開心面前一放，匆匆騎車往家裡趕，她惦記著桔子，嚴格地說，水果攤並不安全，門房間值班的人也沒有明確答覆一定會替她照看好孩子，一切就看桔子自己聽不聽話了，如果恰好有一隻流浪貓或是流浪狗出現，那他可就管不住自己了，他見到流浪貓狗就像見到失散很久的好朋友一樣。

有一天，曹開心說，孩子放學後你可以把他接到店裡來，完了你們再一起回去。

他說話的時候她剛剛趕到，正屏著趕路帶來的喘息，在水槽裡收拾生菜。她關了水龍頭，不相信地又問了一遍。他背朝著她，兩手撐在腰胯間，望著門外的樹蔭。這樣你也安心，他也開心。他說完往前走了一步，不想再聽她囉嗦什麼的意思。

四點是桔子的放學時間，也是聞一在此的高峰時間，既然曹開心對她這麼友好，她也想給他相應的回報。她又開始了她的時間管理。她發現她僅有的資本就是時間，時段不同，工作內容不同，收入也不同，為了最大限度地提高效益，她必須把她的時間以十分鐘為單位分割切斷，然後她就像個滾珠一樣，在她自己切成的時段裡來回滾動、奔跑。

她去找幼稚園的老師，請求把桔子的放學時間提前半小時。老師不理解，一般都是請求延後。

每天如此嗎？

是的，每天都提前到三點半放學。晏秋強調自己的切割點。

這樣她至少可以提前二十分鐘到達聞一在此，從從容容地做些準備工作。

桔子到聞一在此的第一天就喜歡上了這裡，店裡的東西全都是他喜歡的，那麼多文具，用紙箱裝起來的烤腸、一張接一張攤不完的蛋餅。他眼巴巴地望著晏秋手中的鏟子說：為什麼你在家裡不做蛋餅？

晏秋一抬頭，正好看見曹開心兩眼放光地盯著桔子。說啊，你在家裡為什麼連蛋餅都不給兒子做？曹開心順著桔子的話說，眼睛死盯在孩子身上不放。

晏秋不好意思起來：我根本不知道還可以這樣做餅。

桔子吃了一張餅，晏秋要掏錢，曹開心不屑地嗤了一聲，接著挾了一根油淋淋的烤腸過來。嘗嘗叔叔做得好不好吃？

桔子含著烤腸，害羞地點頭。

放學的那波高潮過去了，店裡東倒西歪，門口盡是烤腸碎屑，蛋餅裡掉出來的生菜葉片，晏秋抓起掃帚，從屋裡掃到門外，一直掃到清潔工分管的地界，這是她第一次從從容容把工作幹得這麼徹底，因為她今天不必慌慌張張跑去接桔子。倒完垃圾回來，她看見桔子正在曹開心的輔導下做計算題。

你從沒教過他算術？曹開心一臉詫異地問。

還小嘛，那不是一年級的內容嗎？

你這家長怎麼當的？小學一年級以前，至少要熟練掌握一百以內的加減法，還要學會中文拼音，學會寫字，有些孩子一年級以前已經認識一千多字，能自己閱讀了。

晏秋不相信，她以前還是幼稚園老師呢，她班上的孩子沒一個有曹開心說的這些能耐，但她不想拿自己的經歷舉例，她不想告訴曹開心她曾經是幼師。

行了，從今天開始，每天在我這裡學半個小時，我保證你一上學就是學霸。

晏秋雖然感激，但也覺得奇怪，做家政以來，她見到的都是斤斤計較毫釐不爽的人，突然掉下這種大餡餅，她有點不安。

你的孩子，很大了吧？晏秋猜他一定有過這方面的經歷。

曹開心手裡的鉛筆轉了一下，欲言又止。

他在手把手地教桔子寫字，桔子已經被他全副武裝起來了，鉛筆、握筆器、橡皮、本子，全都是剛從貨架上拿下來的。寫字本上既有筆畫練習，又有字體練習，桔子很快就有模有樣了。

晏秋也想為曹開心做點事，就問他家晚上吃什麼，鍋灶都是現成的，她可以先替他燒起來，待會兒帶回家就可以直接擺上餐桌了。

沒必要，我的家就我一個人，我就住在店裡。

晏秋嚇住了，無意中撩開門簾偷看了人家隱私的感覺。她想躲開，好奇心又把她釘在這裡。不管怎樣，他在輔導桔子學習，作為交換，她也應該為他做頓晚飯。晏秋小心翼翼地打開一個樂扣收納箱，難怪她早就發現這裡竟然有米。

材料有限，只好因陋就簡，她在飯鍋裡蒸了個火腿腸雞蛋，炒了碟小生菜，這邊的教學剛好也結束了，晏秋解下圍裙，去拉桔子的手，桔子走了兩步，又回過頭來收拾自己的本子和筆。

這些我還要的，我回家還要寫的。

曹開心笑起來：不錯不錯，就憑你這句話，你這個學生我收定了。

海藍色軟殼衝鋒衣

終於有機會問問曹開心了。這時他們已經比以前熟絡了很多，可以很自然地互稱名字。

這天下大雨，買餅的孩子少了很多，街上人車慌張，店裡倒乾燥而閒適，是個適合聊天的機會。

好怪的店名！聞一在此到底是什麼意思？聞一多在此嗎？沒有這種叫法呀。她率先說。

你也想到了聞一多啊！其實跟聞一多沒有半點關係，聞一，本來應該是曹聞一，那是我兒子的名字。

晏秋又問：在此又是什麼意思？很少有這樣取店名的。

聞一在此，字面上很好理解啊。當然，我的意思並不止於字面，我一說你就明白了，我兒子，曹聞一，他死了，他原來就是這個學校裡的學生，他是在學校裡死的。曹開心一隻手撐在桌上，一隻手插進兜裡，也許是故作輕鬆，他眼睛望著外面，面無表情。

晏秋心裡一炸，她讓桔子去店門口玩橡皮泥，她想靠曹開心近一點，說說安慰的話，又不知該說什麼。曹開心抬手蓋住自己的臉，他的臉真瘦，一隻巴掌竟完全蓋住了。她猜他躲在自己的巴掌後面難受。她想過去拍拍他的背，安慰安慰他，但又有什麼東西在阻攔著她，她做不到。

他的手拿開了，露出發紅的眼睛，不像是悲傷得要流淚的紅，而是沒睡好、疲倦不堪的紅。

直到今天，只要想起他，我這心裡還像刀子在割。活著的話，已是英俊少年了。能不能給我講講他。她輕聲請求。

曹開心起身進了裡間，拿出一件海藍色軟殼衝鋒衣來，遞給晏秋。

你穿穿它好嗎？就今天。這是聞一的衣服。我感覺你能穿。

晏秋接也不是不接也不是。曹開心哀求道：就想看看這件衣服被身體撐起來的樣子。

她趕緊穿上，大小基本合適。不知是曹開心緊盯著衣服的原因，還是她自己想得太多，她覺得身上沉重得很，像穿了一層鎧甲。

曹開心眼裡一直有淚，流不下來卻始終汪在那裡的一層淺淺的淚，泡著他的眼珠。

我還是脫下來吧，你不能刻意讓自己陷在那裡面。

不，你穿著，求你了，讓我看看他的衣服動起來的樣子也好。我兒子的衣服我都留著，說不定還能給你找出幾件來。

聽我說，我們是一樣的人。晏秋看了一眼門外的桔子，壓低聲瞪著曹開心說：你是兒子走了，我是丈夫走了，我們都殘缺不全了，但我們不能自暴自棄，我們還得活下去，我可不想讓我兒子看見一個整天哭哭啼啼的媽媽。

曹開心似乎吃了一驚，但馬上又穩住神，沉入自己的悲傷裡。

你是有理由堅強下去，孩子已經沒有爸爸了，不能再沒有媽媽，我呢？我要堅強給誰看呢？

晏秋豎起食指噓了一聲：千萬別給我戳穿了，我告訴桔子他爸爸是工程師，到非洲援建去了。

曹開心立刻換了副表情：那也不是個長久之計呀，最終你還是得告訴他。

會有那一天的，但不是現在。

就因為交換了各自的傷心事，兩人瞬間走近了。

等哪天有時間，有心情，我會把聞一的事情全都告訴你。

可以啊，我也把桔子爸爸的事情告訴你，其實我的故事很簡單，一句話就可以把它講完，有時我自己都覺得是不是太簡單了，那麼大的事情，卻那麼簡單。

她至今對威廉下水那天感到恍惚，好像那不是自己的一天，而是電影裡的某個鏡頭，她不是親歷者，而是一個觀眾，看著這個鏡頭一晃而過。她很奇怪怎麼會有這種感覺。

也許他們都有心向對方訴說，他們很快就迎來了一個特別的日子，端午節，到處放假，曹開心的商業目標——小學也放了假，晏秋的東家們在這天也不需要她，曹開心給晏秋打電話說：把你兒子借給我吧，我想帶他去釣魚。

她不可能把兒子交給他以後，一個人回家，兒子在哪裡，她就得在哪裡。幸虧曹開心並不反對。她準備了豐富的午餐，裝在背包裡，牽著桔子興沖沖趕往他們約定好的地方。

曹開心已經在那裡了，一副釣魚打扮，他向桔子晃晃釣魚竿，桔子撒開兩腿奔了過去。

很久很久沒有休息過了。晏秋伸了伸胳膊，在太陽底下愜意地眯起眼睛。

也不戴個太陽眼鏡。曹開心看了她一眼。

晏秋假裝沒聽見，她根本沒有太陽眼鏡，太陽眼鏡還沒有成為她生活中的必需品。她眯著眼睛靜靜地等著，她知道他今天會告訴她，關於他兒子的事。

午餐已經涼了，但大家興致都很高，桔子尤其高興，他還從來沒有野餐過，沒有爸爸的孩子，總是比有爸爸的孩子少了許多戶外生活的樂趣。

釣魚的收穫聊勝於無，一兩條兩三寸長的小鯽魚，曹開心在吃飯前就把牠們放了回去，趁機給桔子開了愛惜生命、眾生平等這一課。晏秋笑微微地在一旁聽著。總共四份工作中，她最喜歡的是這一份。

除了那份工資，她更需要的是友誼和交流，何況這份友誼和交流還可以和桔子共用，這是她做夢都不敢想的意外驚喜。

不過晏秋隱約明白這份超重的禮物是桔子贏來的，桔子出現在聞一在此之前，曹開心不過是她一個普通的客戶，桔子一來，曹開心就不一樣了，蒼白冷淡的臉像見了戀人般生動起來，連聲音都透著精神，不再含含糊糊，混濁不清。

桔子累了，也許是晒蔫了，他往曹開心的折疊椅上一倒，很快就響起了細細的鼾聲。

曹開心看了晏秋一眼，晏秋立即靠了過去。

看到沒有，他對我一點都不認生。

晏秋鼻子發酸：看到他開心，我好幸福。

我也好久好久沒有過好心情了。

願意的話，給我講講你的事吧。

曹開心說，那天他正在郵政大廳的櫃檯上專心致志地敲章。他已經在那個櫃檯上敲了近二十年章了，小榔頭柄吃透了他的手汗，從原來的深棕色變得琥珀一般。他敲章的聲音漸漸跟人家不一樣了，正如一個成熟的小提琴家，弓一搭上弦，那聲音就跟人家不一樣。他先把單據剁齊，擺成扇面，再嘩地一陣富有節奏的碎響，小榔頭突然變身千腳蟲一般，待收起榔頭時，張張單據的同一位置開著一小朵圓圓的印泥之花。他正在充滿快感地吹開不知第幾輪印泥之花時，電話響了，聲音之大，非同尋常，惹得所有人都回過頭來盯著他看。他也感到奇怪，今天的鈴聲怎麼突然變了，比平時急促，也比平時刺耳。是曹聞一學校老師打來的，起先他沒聽明白，那人聲音不高，又很急，說的話也莫名其妙，他懷疑自己聽錯了，他用拿著榔頭的手捂住另一隻耳朵：什麼？什麼什麼？那人又用同樣的聲音重複起來，他聽著聽著，手裡的小榔頭掉了，連抽屜都沒鎖，撒腿就往外跑。

天塌下來了，神智清醒的最後一刻，他打電話到郵政大廳，一個女同事接了他的電話，他張了口，卻說不出來話，像有東西堵在喉嚨口，只能發出唔唔的聲音。但他必須說話，他要請假，但他出來時走得匆忙，沒辦交接。唔唔了好一會，他只擠出幾個零散的字：我的聞一，沒了！在學校，沒的。他聽見她們在那邊驚聲尖叫，他不知道她們在叫些什麼。

有段時間，他除了胸腔一陣陣跳疼，什麼感覺都沒有，汽車停在醫院門口，他下車時重重摔了一跤，身上卻沒任何感覺。兒子在急救室，他在外面，幾個老師呈三角形環伺在他周圍，他往外走，三角形也往外走，他往回走，三角形也往回走。他知道他現在應該處在一個主動的位置，但他不知道該如何走出第一步，第一句話又該怎樣說。

放學後，曹聞一和另外幾個學生一起留下來，編四年級上學期第二期黑板報，黑板報還沒編完，不知為何竟從四樓墜落而死。這是他從老師那裡得到的全部訊息的匯總。

無論他所在的集體，還是他個人，曹開心從沒遇到過大事，他原以為他會平平凡凡地在郵政大廳敲一輩子印章，他並不厭倦這種單調至極的工作，比起提心吊膽的冒險，他更喜歡四平八穩的平凡。現在他才知道，平凡乃最大的冒險，因為平凡如同一缸稀釋過的淡硫酸，會一點一點腐蝕掉你的思考能力和行動能力，比如現在，被那缸淡硫酸泡了二十年的他，竟不知道如何使用他的主動權，如何讓被動的一方在他面前懺悔，百依百順。

老婆玉玲也來了，她倒很安靜，就是有點踉蹌，像喝醉了酒一樣。

當天晚上，以及後來幾個白天和夜晚，他們都沒回家，兩人不是在學校，就是在教委，再不就是在派出所，哭喊，下跪，數度暈厥又數度醒來。後來，曹開心聽取了大家的意見，把冰塊圍著的兒子從醫院弄出來，停在學校大門口。他們告訴他，不逼他們，不把他們逼到一個地步，別指望他們會把事情處理好。曹聞一的班導、那個吩咐孩子們辦黑板報的老師，早已被學校嚴密保護起來，曹開心發動自家親戚朋友和同學，上天入地都沒法找到那個老師。冰塊補充了好幾次，大門口終日流著冰塊化出來的水，有人說那水已經有了屍臭氣。終於，有個很大的官員出面了，他一來就裝出一副哭喪相，好像曹開心是他的親兄弟，曹聞一是他的親姪子，傷感的河流漸漸淹沒了眾人，也淹沒了小學，曹開心知道領導要表態了，重要的時刻到來了，全身的神經頓時擰緊，領導說，小學已經停課兩天了，兩天啊，要上多少節課，跟別的學校比，孩子們落下多大一截，這對別人不公平，不應該把個人的痛苦強加在無辜的公眾身上，應該就事論事。官員一開口就有種特別的魅力，曹開心情不自禁地被他從心理上繳了械，瞧他都幹了些什麼啊，他害得全校近兩千名孩子無學可上，他耽誤了他們的學業，他們是無辜的，他們會恨他的，一個家庭只算兩個家長，他正在被四千名家長惡毒咒罵，他們肯定在說，你孩子死都死了，幹嘛要把一具臭皮肉擺在這裡妨礙我們大家，又不是我們讓你孩子跳樓的，他們肯定天天在這裡這樣罵他。好吧，既然大領導都來了，不如就勢下臺，但有個條件，他要見到那個老師，作為一個班導師，他必須對他學生的死負起責任來，但他們說，那個老師正在接受調查，誰都見不著。示威就這樣草草結束，聽到學校恢復上課的鈴聲，曹開心像截木頭似的往前一撲，跌倒在地，他的兒子再也不能上課了，他的兒子再也不屬於這裡，不屬於他，不屬於這個世界，他恨自己不能打開胸腔，把筋骨脆斷的兒子小心翼翼地放回自己身體裡去。兒子火化了，他卻沒有回家，天天守在校門口，他知道這樣不會有什麼結果，任何結果都不是他真正想要的，他只知道他必須守在這裡，守在兒子斷氣的地方，否則他就不是他的父親。一天天過去，他把自己變成了一團細菌，所有經過他身邊的人，都屏住氣，躡著腳，飛快地掠過，彷彿稍微慢一點，就會傳染上。學校的干涉根本無用，他兩手空空，不吵不鬧，清白又無辜地站在那裡，誰也不能拿他怎麼樣。

我連站在這裡都不行？我連站在我兒子斷氣的地方都不行？

他含淚問那些過來干涉他的人，他們全都在他的非騷擾性抗議下敗走。

事情終於有了進展，之前一直說在接受調查的班導師提出要跟孩子的父母見一面，但必須有協力廠商在場。協力廠商當然是學校的人。談話安排在孩子原來那間教室裡，這意味著老師很可能還會在這間教室上課，這種猜測影響了他的心情，他黑著臉進了教室，坐在孩子的座位上，玉玲坐在他旁邊，班導師是跟兩個警衛一起上樓來的，教室門處於微微敞開的狀態，是隨時可以撤出和報告的狀態。班導師是個三十出頭的年輕人，看上去挺樸實，曹開心幾乎每天接孩子時都會見他，都會笑眯眯地跟他打招呼，無話找話地寒暄幾句，而此時的相見，都讓對方看到了一個完全陌生的自己。

有個細節我一直沒跟你說，一是沒機會，二是不想說，我直覺孩子是不希望我告訴你的，既然我現在已經不是這個學校的老師了，我就覺得我必須告訴你。

曹開心稍稍鬆了口氣，原來老師已經被開除了。那是他應得的！活該！他不想因此而削弱今天的鬥志。

我知道現在來討論誰對誰錯已經遲了，但我還是想把那個細節告訴你，不是為自己辯護，我也不需要辯護了。當時，他們四個人從我這裡拿了五十塊班費，去文具店買點辦黑板報需要的東西，回來告訴我，說五十塊剛好花完，後來我無意中在袋子裡發現了一張貨物明細，一算，居然是兩個價格，原價多少，打折後多少，我去問他們，今天到底花了多少錢，小傢伙們你看我我看你，都不吱聲，曹聞一卻很坦然：五十啊，剛好用完，一分都不剩。我把那張明細拿出來給他看，讓他把找回的六塊錢給我。曹聞一馬上不高興了：憑什麼？那六塊錢是我自己討價還價掙來的，如果我不還價，老闆就會照實收，五十元可能還不夠呢。我告訴他，這五十元是班級的錢，不是他個人的錢，他沒權利這麼做，就算討價還價成功，賺來的六塊錢也是為班級賺的，不能歸個人所有。我問他那六塊錢在哪裡，他說他們四個人拿去買烤腸吃了。作為他的老師，我覺得這樣做不妥，我覺得我有義務指出來，一個老師不能光是教書，還要育人。我說你這就相當於吃回扣你懂嗎？現在吃六塊錢，長大會不會吃是六千、六萬甚至六個億？我問他知不知道現在社會上有一種「大老虎」，羅馬不是一天建成的，那些危害國家的「大老虎」也不是一天形成的，很有可能就是從你這種小老虎慢慢變來的。我的話可能稍稍重了一點，但我必須得這樣說，必須把孩子身上的毛病掐死在萌芽狀態。他不服，而且很生氣，覺得我侮辱了他，我也很生氣，我想我必須藉這個機會告訴他，公款就是公款，一分錢也是公款，就算你憑自己的能力節約了，那節約下來的部分，也改變不了公款的性質，不能說是你節約下來的，這錢就可以裝入你自己的腰包。另外我也覺得奇怪，按說像他這麼大的孩子，買東西是想不起來討價還價的，很多人根本就不知道還價是怎麼回事，我問他，是誰教你還價的？是你爸爸還是你媽媽？他愈來愈氣，一會兒覺得我給他把帽子戴大了，一會兒又覺得不該提到爸爸媽媽。我說，那好，我們乾脆打電話把你爸爸叫來，我們讓他來評判一下你到底有沒有做錯。他不同意，說男子漢敢做敢當，自己犯的錯誤自己承擔，跟爸爸不相干，不要怪爸爸，死活不肯把你的電話告訴我。我說你不告訴我也能查到，我電腦裡有你們的資訊表。我站起來，起身去辦公室，其實我不是要去查資訊表，你知道我手機裡有你的電話，我只是覺得跟他談得差不多了，想讓他放鬆一下。但他誤會了我的意思，他以為我真的是去電腦上查你的電話號碼去了，同學們後來告訴我，他就是在我起身離開教室的時候，從教室後面往外跑的。你可能不相信，我也非常痛苦，這事會成為我一輩子的創傷，我也挖心剖肺地反省過自己，如果非說我有錯，我的錯誤可能在於，我不該如此直白地指出學生的錯處，我應該婉轉一點，但不管怎樣，就算事情到了這個地步，我還是要說，只要我發現孩子有錯誤，就應該及時指出來，不能讓它發展到不可收拾的地步。我還有一個錯誤，就是不該把這事告訴家長，我不該有這個念頭，我應該等到事後再跟你說，而不是在那麼激烈的時候提出來。這就是我作為一個老師要對家長說的，事已至此，我也付出了代價，但這並不代表我從此就輕鬆了，我這輩子可能都輕鬆不起來了。

原本指望跟老師好好做一番交鋒的，沒想到老師說得愈多，他的頭就垂得愈低，就像有人在用力按著他的頭一樣。他知道這樣不好，他也應該說出他的道理，但道理有什麼用呢？是他教兒子要培養一雙銳利的眼睛，要認清這個社會，能辨識一切虛假與騙局，最基本的騙局就是街頭小販，他們的貪婪沒有止境，必須有人讓他們知道，他們每天每天、每時每刻都在做著坑人的事情，簡直就是陽光下的搶劫，所以他要懂得還價，要把自己的損失降到最小。

一陣濁重的呼吸響起，玉玲過來了，她臉上血紅血紅，嘴唇卻白得像死人，沒等曹開心看清椅子是怎麼倒在地上的，玉玲已撲在老師身上，又捶又打又抓。門外安排的警衛第一時間衝進來，拉開了兩個扭在一起的人。

知道你們為什麼要選那個爛紅色做校服了！知道你們的用意了！孩子在學校受了傷，流了血，看不出來，你敢說實話嗎？到底有多少孩子在學校遭遇過生命危險？

怎麼扯到校服上去了？怎麼還扯上別的孩子了？曹開心沒想到老婆會是這個思路，校方的人也懵了，張著嘴巴站在一旁，忘了反駁。

老師被架出去時，曹開心看到他臉上有三道血印子。

你還是個男人嗎？你站在那裡就像個白痴，你是沒長手還是沒長腳啊？難不成你還怕他個王八蛋？他是仇人！他是殺死你兒子的兇手！

她不會是要瘋了吧？這太不像她了。曹開心想。從他們認識以來，別說髒話，她連一個髒字都沒說過。

果然不對勁，從教室出來後，玉玲出乎意料地安靜下來，不哭不鬧，眼睛發直。連周圍的人都感覺到了，對曹開心說，先把別的事放一放，去跟玉玲說說話。曹開心試過幾次，玉玲根本看不見他，他抬手在她眼前晃，把她晃煩了，她就轉個身，換個方向繼續出神。曹開心明白，她可能是想要一個人待著，從此盡量不去打擾她。直到有天早上，曹開心在做早餐，玉玲在他身後的水槽邊刷牙，窗外突然響起一段對話：寶貝再見！媽媽再見！今天我自己回家哦，你不用去接我。玉玲牙刷到一半，硬在那裡，曹開心知道她在想什麼。等他蓋上鍋蓋，要去冰箱裡取滷子和調味料時，發現她還那樣站著，而牙刷正一點一點從她口裡滑落出來。他喊了她一聲，她沒有反應，他過去輕輕推了她一下，她就像根棍子一樣倒了下去。

玉玲在醫院待了三天，出來後變成了另一個人，腳步鈍重，滿臉怒氣，對曹開心動輒大呼小叫，頤指氣使，曹開心好像也樂意被她這樣對待，只要她的聲音響起，馬上一溜小跑，殷勤備至。

一天上午，居委會的人敲開了他們家的門，玉玲率先站起來，把居委會的人迎向餐桌邊：我說的東西你帶來了嗎？那人說，帶了。

玉玲這時已完全正常了，舉止輕盈，面目和善，她居然找來茶葉，給居委會的人泡了一杯茶，然後才客氣地說：麻煩你幫我做個見證。

冷不防一聲脆響，毫無防備的曹開心幾乎給玉玲一巴掌搧倒在地。

去你媽的「大老虎」，你不瞎講八講「大老虎」的壞話，我兒子也不知道「大老虎」是壞人。你以為你有資格判斷誰是好人誰不是好人？你算老幾？你去給那些「大老虎」提鞋都不配！

玉玲操著一口不太熟練的粗話。

曹開心好不容易站穩，不等開口，又是一巴掌，把曹開心摑得轉了個方向。

去你媽的腦子活泛！全天下就你腦子活泛！你不教我兒子我兒子能去跟人家討價還價？買點水果你都教他跟人家還價，還價還價，你就知道還你媽的價，丟老娘祖宗的臉，老娘活了大半輩子，從沒還過一次價，也沒窮到哪裡去。你這麼喜歡還價，發財了沒有呢？還是窮得像鬼！你自己喜歡討價還價也就罷了，你不該教我兒子，我兒子要是不聽你教唆，不去還價，就不會多出那六塊錢，不多出那六塊錢，他就不會死！是你親手殺了我兒子，你有一把殺人不見血的刀，你今天割一刀子，明天割一刀子，我兒子就是被你一刀一刀殺了十一年才殺死的。

任她打罵，曹開心反正不還嘴，只是哭，一邊哭，身子一邊矮了下去，像他的身體是水做的，眼淚流得愈多，他的身體就變得愈短。

又是一道黑光一閃，這次，居委會的人死死抱住她。大姐，有話好說，打人不對。

玉玲指著曹開心，目眥盡裂，異常恐怖：你聽好，老子要跟你離婚，現在就離，老子一天都不想再看到你，老子跟你有殺子之仇。

一個星期之內，這對生活了十五年的夫妻真的離婚了，房子、錢都給了女方，曹開心淨身出戶。女方眨眼間就把判給她的房子賣了，人也搬走了，沒人知道她去了哪裡。

某天上午十點多鐘，居委會那個見證過曹開心夫婦離婚的人，偶然發現曹開心睡在社區裡的露天健身椅上，他叫醒了他，問他怎麼還沒去上班，休假早該結束了。曹開心閉著眼睛說：我又沒有孩子要養，辛辛苦苦上班幹嘛？

居委會的人自己的事也不幹了，蹲下來對著曹開心苦口婆心，勸他趕緊振作起來，去上班，重新開始生活。

她能為這事離婚，我還不能為這事離職？到底誰跟孩子更有感情啊？孩子的吃喝拉撒和作業，哪一樣不是我在管？還說什麼我殺了他！

糊塗！居委會的人再也說不出更多的話來。

曹開心的故事，再次拉近了他們的距離，近到當桔子的鞋帶散了，曹開心能搶在晏秋之前，非常自然地蹲下去幫他繫好。

聞一像他這麼大的時候，這些事情都是他自己幹，他所有的事情幾乎都是他自己幹的，我那時信奉一個原則：把孩子當大人看。我讓他做一切成人才可以做的事情，我想讓他提前認識這個世界，適應這個世界。我那時覺得這才是真正的愛孩子。

桔子動手能力是差一點。晏秋附和著說。其實她內心並不認同。她當過幼師她知道，每個孩子極限不同，就拿繫鞋帶這件事來說，有的孩子小班就能學會，有的孩子到大班了還是學不會。

事實證明你是對的，我不該那麼早就把聞一推到成人世界裡去，看起來他是比同齡的孩子成熟，有經驗，會處理事情，實際上……反而是這些東西害了他，他媽媽罵得對，是我不好，都怪我，我不該把那些成人的小伎倆教給他，我以為那可以讓他占盡先機。

你也不要太自責，你是真的為他好，當過父母的人都知道。

你可千萬千萬要汲取我的教訓。桔子做事很專注，我看出來了。這是個好素質。

兩人一起望向正在玩橡皮泥的桔子，他正起勁地捏著什麼。

看著他，我常常會生出一種恐懼，因為他時時刻刻都在變化當中，而我卻看不見那些變化。

隨他，永遠不要想著如何才能參與他的變化，我以前就是太想參與他的成長了，我像製作盆景一樣參與他的成長，這是多麼罪惡的念頭，可惜我到現在才明白。

真的不要過於自責了，身為父親，你已經很盡責了。

關注一下他的學習成績就足夠了。其他部分，應該讓他自我成長，野蠻生長。

晏秋一笑，她想她現在最需要操心的不是桔子的成長，而是桔子到底應該在哪裡成長。

那天去接桔子的時候，稍微早了點，晏秋跟一起去接孩子的家長聊了起來，那個家長得知桔子不一定能在這裡上學時，湊近晏秋耳邊說：不要回去，就在這裡讀書最好，要麼找關係，要麼交借讀費，但都不會是個小數目。

她錢不多，威廉留下的，不到二十萬，她不敢挪用，那是留著救急的，實在不行，只有帶桔子回老家了，但僅僅這樣一想，她的心就開始疼，母親笑話她，親戚朋友笑話她，還有，這裡的小學比老家那邊的教學品質好得多，不說別的，英語一項，就把老家那邊的甩了好幾個省。找人嗎？她認識的人，不是老得像嬰兒一樣的李爺爺，就是沉浸在喪子之痛中難以自拔的曹開心，他們誰有這個能力？

這個問題還沒想清楚，桔子那邊遲早要面對的問題提早來到了。

你跟我爸爸離婚了嗎？桔子有一天突然問。

沒有啊，為什麼這麼問？

我們班上也有人也沒有爸爸，因為他的爸爸媽媽離婚了。

你跟他不一樣，你爸爸在坦尚尼亞，在幫助那些人建設他們的國家，那是很令人自豪的工作。她盡量讓桔子感到她的誠實，而不是裝出來的。

回到家，晏秋把桔子拉到地球儀夜燈前，幸虧前不久給他買了這個地球儀。她把坦尚尼亞指給他看。你爸爸就在這裡，他正在這裡指揮別人做一個很大的工程。

那一小塊指甲形的棕黃色仍然不能讓桔子感到滿足。我還是不知道他在哪裡呀，他住著什麼樣的房子，他吃什麼樣的東西，他住的地方叫什麼名字，我能給他打電話嗎？

那裡很落後，通訊不發達，想打一次電話很不容易，而且很貴很貴。好吧，我讓他給你寫信。

你怎麼叫他給我寫信？我是說，你是怎麼跟他聯繫的？

這個呀，要等你長大了才知道，爸爸媽媽總是有他們特殊的聯繫方式。

是做夢嗎？

晏秋驚訝地看著他。

為什麼我們不去一趟坦尚尼亞呢？桔子很得意自己能想出這個辦法來。

那太貴了，我們需要做個計畫，給我點時間好嗎？

要多久？寒假去還是暑假去？

都可以。晏秋轉臉去看遠處：我正在攢錢，去坦尚尼亞的機票很貴，等我攢夠了，買兩張機票，我們就能飛過去了。

好不容易搞定了桔子的提問，晏秋又回到自己的心事裡來。毫無疑問，她只能挨個去問她的雇主，除此以外，她誰都不認識。

第一個要試探的是李爺爺，她依稀記得第一次上他家的時候，他說過有個兒子是公務員，公務員跟學校至少不是完全不相干。如果李爺爺真有這麼個兒子，應該不會拒絕她的請求，畢竟她給他洗過非常規的澡，看在那點骯髒的情分上，沒準他會助她一臂之力。如果他肯幫她這個忙，她不介意在滿缸的泡沫加皮屑中多握一會他的死鳥。

就像知道晏秋會有事求他一樣，李爺爺這天說他不想洗澡，對晏秋也有點故意做出來的冷淡，她做家務的時候，他一直閉著眼睛靠在輪椅上聽新聞，她不敢上去打擾他，只能時不時偷瞄他一眼，尋找機會。

眼看就到點了，晏秋不顧一切撲上去獻媚，說今天有點涼，他最好泡個腳，暖暖身體。李爺爺沒想到還有這個意外福利，愉快地答應了。晏秋調好水溫，盡量忍著胃裡的不適，雙手浸入45度咕咕作響的熱水裡揉捏那雙僵硬變形的大腳。李爺爺的臉上終於泛出溫暖的色調。你真是個好人！他笑出牙齦來。

爺爺，您幫我一個忙吧，我走投無路了。

當她謹慎地說完她的要求時，老人一動不動，就像沒聽見一樣，她尷尬恨不得立即鑽到牆裡去，但過了一會，正當晏秋以為他已經用沉默拒絕了她的請求時，老人說：你找對人了，我兒子正好在教委工作。

老人告訴她，他很快就要跟兒子見面了，他們父子的見面日定在每週四下午，他會在見面時跟兒子說說這事。

晏秋不免心花怒放，今天就是星期四啊。她相信這是屬於桔子的好運氣，雖然是她在運作，但福氣是桔子的，換成另一個孩子，很可能碰不到李爺爺這麼直接好用的關係。

李爺爺讓她明天過來一趟，看看他兒子怎麼答覆他。

第二天，晏秋提前十分鐘趕到，順便給老人拎了掛香蕉，他的牙齒只夠吃這種水果了。

老頭坐在床上，拍拍旁邊的空地，晏秋站著不動，老頭又拍了兩下，晏秋說：我還有活要幹呢。

今天不用幹活。

晏秋心裡不自在，又不想表現出來：爺爺，我、我怕弄髒你的床。

你不想聽我兒子的答覆了？你的事情不辦了？

晏秋一咬牙，坐了上去。

兩人靜坐了一會，老頭說：我有二十多年沒碰過女人了，都快忘了。

晏秋不吱聲，老頭又說：你老公跟你，你們年輕力壯，做得勤吧？

還行。晏秋不想多說。

老頭沒再說話，但也沒動，兩人就這麼靜靜地坐著。

你肯定在心裡罵我。老頭說話時不看她，盯著對面的矮櫃，像在跟櫃邊的某人吵架。這是我有生以來第一次提這種要求，這不是我的風格，我沒想到老了這麼無聊，全世界的人都跟我不相干了，不理我了，我再不動一下，就跟死了沒區別。我年輕的時候，身高一米七八，又有前途，長得不漂亮的，我看都不看一眼。

晏秋假裝崇敬地看著他，心裡卻在感嘆，那又怎麼樣？今天不也像一坨糞似的坐在這裡嗎？

人生是公平的，我奮鬥了一輩子，到最後為了跟一個保母上床，還得付出代價。

晏秋立即坐起：好了爺爺，我不為難你了。

還沒下床，被老頭一把拉住。

我一生被傲慢所害，你又何必步我後塵？

晏秋停住，眼前晃過桔子無辜的小身影，以及前面漫長無邊無一助力的崎嶇道路，此時若耍脾氣，代價會比較大，老頭說得好，何必被傲慢所害。

你不要覺得心虛、理虧，覺得自己好像在搞不正當的事情，自古以來，母親為了孩子，都是不惜代價的。

跟上次在浴缸裡的鬆弛相比，那裡緊湊多了，簡直就像換了一個人。晏秋掃一眼緊閉的窗簾，咬住嘴唇，動起手來。但願它仍舊只是一隻喚不醒的死鳥。

但它居然一點一點蘇醒過來了，與此同時，她被拽過去，摁倒，她聞到被子上他的氣息，他以難以想像的敏捷脫去衣服，也脫去她的，她開始感到一點點刺激，她告訴自己，她碰到的不是一個老年人，而是冒險路上的攔路虎，她必須騎上去，降服它，為她所用，除非她願意打包行李，灰溜溜滾回去。但他終究是老了，先前的緊繃只持續了一小會兒，任他怎麼努力，還是義無反顧地縮了回去。

老頭抓住她的頭髮，把她的頭往下按，她知道他的意思，但她實在做不到，荒草叢中黑乎乎的小鳥屍體，她閉著眼睛都不能忍受的厭惡感。

你是個好女人。

他按一下她的頭，她倔強地往上抬起一點。

你是個好媽媽。

她沒再抬頭，但脖子梗著。世人只道孟母是好媽媽，卻沒有想過孟母不需要出借讀費，不存在戶籍地與就讀地的問題，她想搬去哪裡就能搬去哪裡的，如此輕而易舉，又算得上什麼好媽媽。那蓬氣味難聞的枯草刷到她臉上了，她屏住呼吸。我真的應該做出這樣的犧牲嗎？她問自己，又向威廉的魂魄無聲地呼喊：威廉，幫幫我！幫幫你的兒子！

老頭的手鬆了。

你太傲慢了。老頭一臉不高興：既然這麼傲慢，為什麼還要求人呢？

我可以不要工錢。她小心翼翼地抬起頭。

對我來說，錢狗屁不值。

爺爺，我知道是我不對，我本意不是這樣的，我做好了全力以赴的準備，可是……她的舌頭一滑，說出了一直刻意隱瞞的祕密：如果我丈夫還在，我就做了，可惜他死了，我不想做對不起死人的事，因為那是沒有辦法彌補的。

老頭睜大眼睛：你不是說他在坦尚尼亞？

那是騙我兒子的，我怕人家知道他爸爸死了，會欺負他。

這樣啊。老頭慢慢恢復正常表情：我沒說錯，你真的是個好女人，好吧，你幹活去吧，希望你不要介意，不要以為我是那種壞人，我從來就不是壞人，希望你能理解。放心，你的事我會盡力的。

晏秋千恩萬謝著來到衛生間，她要洗個臉，她發現那個味道黏人得很。

洗完臉，老頭又把她叫進去。對不起哦。

沒事沒事，我能理解。她是真的理解他，這個深陷室內，在輪椅上掙扎著等死的人，內心清醒而貪婪，像一隻老邁的蜥蜴，牢牢地伏在一個地方，動彈不得，任何一個出現在他舌距範圍內的目標，他都要竭盡全力一試，否則他很可能沒有第二個機會。換作是她，恐怕也會這樣。

要說錯，錯在她，她早該看到她所求助的人，根本就是個被淘汰的廢物，一個廢物向另一個廢物求助，不是兩個廢物在一起，而是廢物的平方。

當天晚上，她接到老頭的電話，說他兒子發話了，新家已裝修完畢，他會被搬到兒子家去，他們要三代人住在一起了。

也就是說，晏秋在他家的那份工作沒了。

你那件事，真是抱歉，我可能幫不了你了，我剛才跟兒子又提了一下，他把我罵了一頓，說我已經是死了半截的人了，自己的吃喝拉撒都不能自理，還想管別人的事，我也沒辦法，你知道的，我現在一切都仰仗他，我怕耽誤你，所以趕緊告訴你，你再想想別的辦法吧。不要怨我，我真的是心有餘力不足。

沒事沒事，你好好保重身體。

晏秋這點頭腦還是有的，她覺得老頭不一定是真搬家了，兒子可能也沒罵他，不管怎樣，有一點是可以確定的，她被辭了，她不能再去他家了，她所求助的事情自然也煙消雲散。

也許她不該提威廉，老頭也許覺得自己快要死了，害怕有個對手在陰間等著他。少了一份工作，意味著她的壓力又增加了一分，這是比桔子上學還要緊急的事情。她在燈下一動不動坐了很久，最後，她習慣地拿起電話，當然，春曦肯定不會接的，她不怨她，那就給她留個言吧，她實在受不了了，寫個訊息，沒準能幫她釋放掉一點點壓力。

我快撐不下去了，真後悔生下桔子，他不該跟著我受苦，他要是別人的孩子該多好，那些有能力的女人，她們比我更配當媽媽。她一邊寫一邊看到自己的眼淚砸到手機螢幕上。

沒有回應，春曦真的拋開她了，春曦真的不再屬於她了。

她又撥通了母親的電話，母親的聲音聽起來很疲倦。你還好吧？好好幹，我準備明年過來幫你帶孩子，每天一個人進進出出，實在有點沒意思。

她能說什麼呢？讓母親趕緊打消這個念頭？說自己馬上就要回去了？她有點說不出口。

不知怎麼就撥通了曹開心的電話，曹開心接電話真及時，似乎他正盯著手機，第一聲鈴響，他就接了。

她期期艾艾地、小聲地請求，能否給她介紹一份工作，她剛剛弄丟了一份工作。

沒事沒事，你先別急，明天過來我們好好商量。

他雖然不夠強壯有力量，但至少此時此刻，他的聲音讓她一下子就平靜下來。

曹開心打算辦一個晚托班，除了面對身邊的小學，還有桔子所在的幼稚園，在放學與父母下班後趕來接小孩之間，有一兩個小時的時間差，晚托班就在這段時間裡照顧這些孩子，監督他們寫作業，甚至還可以幫孩子們輔導一點家庭作業。

晏秋當過幼師，她當然明白晚托班存在的意義，她只是感到奇怪，學校和幼稚園又不是今天才出現的，難道附近一直沒有晚托機構。曹開心說：當然有，但我有我的辦法，我只要跟幾個家長吹吹風，馬上就會有人來我這裡報名，而且會愈來愈多。

曹開心就講他的辦法。

曹聞一出事後，我個人的生活基本上就沒有了，我那時真的不想活了，我哪裡還有臉活呢？用我老婆的話說，是我親手把兒子教成那樣的，是我親手殺死了自己的兒子，我哪裡還好意思繼續活下去？我每吃一口飯，都像在吃屎一樣。

後來我就天天到學校來，賴在兒子跳樓的地方，我真的能在那個地方感受到曹聞一的氣息，他的魂魄一定還在那裡，人家說一個人托生之前，他的魂魄一直都會在他離世的地方。學校漸漸看我不順眼，那也拿我沒辦法，他們要跟我談，說之前已經給了我補償（那補償當然被我送給前妻了，我不想拿兒子用命換來的錢），我說是的，你們是給了補償，但那只是了結血案的代價，現在我要追究你們對我的精神損害，一天又一天，一個月又一個月，天一亮我就出現在那裡，我不吱聲，不擾民，我就像棵樹一樣戳在那裡，戳得他們眼皮子疼，戳得他們頭疼，他們愈來愈急，我卻無所謂，反正我又不上班。後來終於有個聰明人出來跟我談了，他說他們可以冒著違約的風險，把學校門口的小店易主給我，前提是我只能待在店裡，不能跑到學校門口來。我想了想，覺得也可以，於是我就有了「聞一在此」，他們看了當然不舒服，但也沒辦法，他們管不了我取什麼店名。孩子和家長們倒是喜歡我的店名，他們一看到這個店名就竊竊私語，我知道他們在講些什麼，我就是要提醒他們，孩子在這裡，不光可以學知識，也可以送命，真的真的要小心。我手機裡有幾十個家長群，我這裡離學校近，學校有點什麼異動，我馬上就發到群裡，也有家長給我發訊息，聞一爸爸，我家娃今天沒帶餐具，我家娃沒帶數學書，我家娃沒帶紅領巾，我馬上裝好東西，寫好姓名班級，請門房送到教室去。現在你知道我的晚托班是憑什麼開起來的吧，等我把房子弄妥了，一切設備弄妥了，我只要動動手指，學生就都來了。

其實在我們帶桔子去釣魚的那天晚上，我就有了這個主意，我覺得我們倆可以合作，一個晚托班一個店面，我一個人是忙不過來的，我的目的也不是想賺多少錢，我這一生剩下的時間就是要跟這所學校捆在一起，我一步都不想離開它，離開它，我的聞一就真的死了。我想我們倆一起來經營它，你很能幹，我看出來了，你長得也很招孩子們喜歡，孩子們就喜歡你這種氣質的女人，你也不用租房了，晚托班結束，房間就是你和桔子的，我們把它設計裝修一下，只需關上一扇門，你們就有家了。這可以幫你節約一大筆錢。

晏秋愈聽愈憂愁：這麼好的計畫，可惜我沒福氣享用。

她說了關於戶籍和借讀的事。

曹開心才知道這一點，也傻了：這事的確麻煩，不過，就看你是不是真想留下來了。

我當然想啊，但一切以桔子為重，他在哪裡上學，我就在哪裡生活。

曹開心答應替她想想辦法，晏秋覺得他說得敷衍，再加上她剛剛從答應幫她的人那裡吃了隻蒼蠅，就沒特別強調，不過是個雇主而已，怎麼可能全心全意地幫一個小時工呢？

只過了一天，曹開心就想出辦法來了，他讓晏秋火速趕過去。

正是中午，晏秋順便給曹開心帶了一隻盒飯過去。

曹開心謝都沒謝，接過去就吃。

我的辦法很簡單。曹開心把吊在外面的半根肉絲塞進嘴裡，嘟嘟囔囔地說：跟我結婚，結了婚，桔子的戶口就解決了，一切問題都解決了。

晏秋笑起來，原來是喊她過來聽個笑話，她有點失望。

這是最好的辦法了。曹開心的臉埋在飯盒裡。

就像一個沒房子的人，望著自己心目中的房子說，要是有錢就好了。這個假設跟你的假設是一樣的。

曹開心不再說什麼，飯盒已經見底了，晏秋從沒見到過一個人把盒飯吃得這麼香。

吃完了，嘴一抹：你覺得怎麼樣？我的辦法？

當然好啊。

那就行動起來，去拿你的身分證，我們一起去辦。

真的假的？不興這麼開玩笑的。

我跟你開過很多玩笑嗎？我像是在開玩笑嗎？

晏秋盯著他。

曹開心擦了擦嘴，扔掉紙巾，拿起自己的水杯，把嘴裡的飯渣沖下去。

我有話說。曹開心突然卡了殼，他轉了一會眼珠，忘了詞終於撿了回來似的：一顆小石頭躺在角落裡，離它不遠的地方，就有別的石頭，但它沒有腳，也不能說話，只能形單影隻，心中絕望。有一天，另一顆小石頭被一個人無意中踢過來，剛好落在這個小石頭身邊，從此，這兩顆小石頭順理成章地在一起了。這看起來是偶然的，實際上是必然的。

是口腔變乾淨了的緣故嗎？晏秋一臉懵懂地看著他，不明白他何以突然改變風格，說出這麼動聽的一段話來。

沒聽懂嗎？我們倆就是那兩顆小石子。

晏秋還是無法做出反應，曹開心整個人跟他說出的這段話之間，有著不短的距離，她不知道他是在背書，還是發自內心在對她表達什麼。

我們結婚，桔子就成了我的兒子，就有了戶口，就能明正言順地在這裡上學。

你是說，假結婚？

為什麼要假結婚？你看不上我？

晏秋霍地站起來：你這是施捨。

見你第一次，我就看上你了，後來對你了解愈多，就愈看得上你。你是不是還沒看上我？我勸你趕緊考慮一下，我的提議還是很可行、很有價值的，你不是口口聲聲一切以孩子為重心嗎？

晏秋聽話地坐下來，心裡咚咚直跳。

明天之前答覆我。

晏秋迅速權衡了一下，覺得沒必要拖到明天。

你要想好，我一無所有，什麼都不是，還帶著孩子。

我也一無所有，我也什麼都不是，不同的是，我沒有孩子。

我是占便宜的一方，你是吃虧的一方，誰都看得出來。

你是沒有準備的一方，我是有準備的一方。好好想想，明天答覆我。

我拚盡全力，只是為了活著，從沒奢望這樣的好運。

是不是好運還很難說，但我們可以努力，把它變成好運。

我的兒子，我原本希望他在單純的環境裡長大。

我不會把你們的世界弄得複雜，我之所以加入你們，就是為了給他父愛，我有一份完整的父愛無處安放，我會全都給他。

晏秋拚命忍著，她既不想當著曹開心的面哭出來，也不想表現得受寵若驚，喜出望外。她起身走到一邊去，給自己倒了杯水。

曹開心像是安慰她，又像是鼓勵自己，說：當一個人無所適從時，唯一的辦法就是硬著頭皮往前走。

他們並肩走在去街道辦的路上。

晏秋看上去有點緊張，直到昨晚，她還在懷疑是不是在做夢。她打電話給母親，母親安慰她：都是命，中國那麼大，你為什麼要往那個地方走？又為什麼會遇見他？他為什麼剛好又是單身？人活一輩子，唯一的任務就是把命裡注定的幾件事抓緊辦好，然後時候就到了。晏秋覺得最後還是母親的話給了她最大的安慰，讓她相信遇見曹開心是她一生中了不得的大事，是她終於走上人生正軌的起點。

曹開心說：我們不一定要遵從那些俗禮，領個證就行了。他面色平靜，眉頭帶著幾縷自然皺，他看上去完全沒有過晏秋那些心理活動。

好啊，我也覺得愈簡單愈好。

曹開心邊走邊打量晏秋，晏秋嗔道：看什麼啊？

人家肯定以為我貪圖你的美貌。

其實呢？

我覺得這是上天跟我做的一個交易，拿走了聞一，送來了桔子。

晏秋有點不舒服，細一想，又覺得於他而言，似乎也是事實。

我不會再用培養聞一那套來培養桔子了。曹開心在臉上揉了兩把，打起精神說：我從桔子身上看出了某種苗頭，你看著吧，我會扶他走上學霸之路，他有那個潛力。

學霸當然好。晏秋也很嚮往，做學霸，意味著上好大學，意味著大好前程，意味著美好人生。看來父子也是講緣分的，桔子跟威廉可能一開始就是錯誤的父子緣，跟曹開心才是真正的父子，她懵懵懂懂跑到海市來投奔春曦，看來也是錯誤的，她真正要投奔的人，原來是曹開心。推論之下，豈不是說曹開心跟曹聞一也是錯誤的父子緣？上天垂下一隻勘誤的手，輕而易舉就撥亂反正了。

路邊一家成衣店，櫥窗裡的模特冷眼凝視前方，晏秋回頭看了兩眼，曹開心停下來：要不，你去買件衣服吧，也算是個紀念。

那是一家旗袍店，晏秋從未穿過旗袍，有點猶豫。我沒有穿旗袍的機會。她抬腳繼續走。

曹開心拉住她：有機會穿的，今天不就可以穿嗎？以後桔子開家長會也可以穿，你會參加很多次家長會的，說不定還會在家長會上代表學霸家長發言。

晏秋被曹開心送進了旗袍店，她以為曹開心會在店裡等她試穿，但曹開心指指對面的小公園說：我去那裡抽根菸，順便等你。

晏秋想起以前，威廉多次陪她和春曦試衣服，事實證明他的眼光相當不錯，凡是他點過頭的衣服，基本都能成為她的心頭所愛，後來竟發展成她每買一件衣服，都要拿回來給威廉審閱，威廉這關若通不過，她鐵定回去換。算了，還想那些有什麼用，眼下陪著她的人是曹開心，在曹開心身邊，她必須學會自己照顧自己的衣著。

幾百件旗袍掛在那裡，她試穿得愈多，就愈不知該如何選擇，她想去對面把曹開心叫來，又覺得他不一定有興趣，否則也不會走開。最後只好向營業員求助，營業員向她推薦了紅底灑金的織錦旗袍，一看價格，她趕緊放下了，想想她租的房子，再想想曹開心那個

「聞一在此」小店，她得挑一件跟她「門當戶對」的旗袍。除了門當戶對，還有一個條件，曹開心說過，今天可以穿，家長會也可以穿，紅色雖然漂亮，但不一定適合家長會，比較來比較去，她挑了一件湖藍色的改良旗袍，看上去像三十年代的學生妹。

拿過去給曹開心看時，曹開心只略略掃了一眼：顏色老氣了。就不再提起。

拿到結婚證了，跟當初辦身分證一樣，晏秋竟絲毫不覺得激動，只是當她把結婚證拍進手機裡時，心裡動了一下。她要把這張圖發給春曦，若在這種強刺激下，春曦還是對她視若無睹，那麼她就真的該對她死心了。

果然不出所料，春曦馬上就回了過來：這人是誰？辦一個假結婚證多少錢？

晏秋一點都不生氣，反而開心地笑了起來：這證是真的，我們現在還是街道辦呢。

她趁曹開心不注意，偷拍了張兩人的照片發了過去。

過了很久，春曦才有回覆：聰明的！結婚是最簡便最有效的辦法。

她很自然地盜用了曹開心那句話：當一個人無所適從時，唯一的辦法就是硬著頭皮往前走。

我只有崇拜！

晏秋從字面上看出了不屑，還有不輕的火藥味，也生起氣來：總有一天你也會跟這裡的某個人結婚的，難道你還要回到宜林去結婚？既然如此，為什麼要鄙視先結婚的那一個？

我不會像你說的那樣做的，這就是你和我的區別。

晏秋又發了兩條，春曦再無回應。

她第一次動了再也不理春曦的念頭。好好過自己的日子吧。

天還沒黑，晏秋已開始忐忑不安。

因為事發突然，她還瞞著桔子，其實她也不知道該怎麼講，因為之前明明跟他說了爸爸在坦尚尼亞。曹開心倒很篤定：可以先不講，等我俘獲了他的心，他接受了我，再講不遲。

所以曹開心只能等桔子睡著了之後再來，在晚托班開起來之前，他們暫時將家安頓在晏秋租來的房子裡。

九點半是桔子上床的時間，曹開心將上門時間定在晚上十點。

桔子還沒上床，晏秋就先緊張起來，說話顛三倒四，對桔子的各種小要求敷衍塞責。意識到這一點的時候，又特別內疚，鋪天蓋地地彌補，好歹到九點五十的時候，桔子的呼吸才平穩而深沉起來。

十點差五分，晏秋輕輕擰開門鎖，她聽到曹開心走過來的腳步聲了。沒開大燈。也許是房子太小的緣故，儘管曹開心身形瘦削，晏秋還是感到一股實實在在的壓力，連空氣都擁擠起來，不夠用了似的。晏秋走過去，蹭著曹開心的身體，在他身後用慢動作輕輕關上門。

兩人在門邊相擁起來，曹開心的雙手沒有很用力，晏秋有點不滿意，不管怎麼說，今天是個特別的日子，裝也要裝出熱情來。曹開心說：我先去洗個澡。晏秋馬上釋然，他到底還是有教養的，因為沒洗澡，都不肯用力地抱她。

她靠著餐桌，獨自坐在昏暗中，凝神細聽衛生間曹開心洗澡的聲音，淅淅瀝瀝，斷斷續續，無論她怎麼展開想像，這聲音都不算動聽。她走開去，直到聽不見曹開心洗澡的聲音。

她想起當初跟威廉的旅行，在威廉老家寒傖的臥室裡突然開始的第一夜，自始至終，他們置身在伸手不見五指的黑暗中，她什麼都看不見，也不敢看，說實話，她沒有覺得初次交合有多美好，她留戀的是那個氣氛，還有每分每秒都有所不同的感受。從老家回來後，拗不過她的堅持，威廉最終還是敲定了一條蜜月旅行的路線。旅行的最後兩天裡，春曦也趕過去了。是晏秋邀請她去的，她已習慣了天天和春曦混在一起，一連幾天不見春曦，她積攢了好多好多要對春曦說的話，她怕自己忘了，不惜做了筆記，用自己才看得懂的方式記錄了想要對春曦說的話。正當她在記錄那些妙不可言的片刻時，春曦的電話打過來了。你們樂昏頭了吧？趕緊給我滾回來，我一個人無聊得快要死掉了。當真是心有靈犀呀，晏秋脫口而出：要不你滾過來吧，馬上滾過來然後我們一起再滾回去。真的？春曦在那邊尖叫起來。晏秋也大叫：真的真的！你過來吧。還向一旁的威廉招手：威廉威廉，春曦要過來了。可是春曦等不到威廉來聽電話了，她剛說了句我馬上買機票，就擦著自己的尾音掛斷了電話。當天晚上，春曦天上掉下來一般突然出現在他們面前，三個人像見了鬼似的，同時拉開嗓門長嘯起來。那一晚，他們一直坐在海邊，夜深時，海風涼浸浸的，她們派威廉回房去取毯子，他一走，春曦就啪啪地捶打她：討厭，你都被人睡過了，噁心，你不一樣了，你身上的味道不一樣了。晏秋咯咯直笑，也不躲，任她打，任她捶。要不，你也趕緊結婚吧，結婚真的滿好的。春曦捶打得更凶了：討厭！討厭你！討厭你們兩個！威廉抱著毯子跑過來了，兩人對看一眼，同時躺倒在沙灘上，大笑著翻來滾去。威廉披著毯子，坐在中間，晏秋在左邊，春曦在右邊，三個人共同支起一頂毯子做成的帳篷，直到海灘廣播響起，提醒遊人，漲潮期間，注意安全，才戀戀不捨地離開。回到房間，晏秋就不對勁了，嗓子疼，皮膚疼，畏寒，她感冒了。威廉往外趕春曦：走開走開，別傳染給你了。他給晏秋餵藥，燒水，哄她，吻她，叫她睡覺，一睡治百病。晏秋在他的安撫下果真沉沉睡去。當她醒來時，已是第二天中午，症狀輕了好多，她喊春曦，威廉說春曦回去了，她沒法訂到他們那個航班，只能一個人回去。真是個瘋子！神經病！威廉輕輕地搖頭、感嘆：將近四千塊的機票，就為了趕到這裡來打幾個駭死人的哈哈。晏秋卻甜蜜蜜地笑起來：我就喜歡她這個瘋勁兒！威廉往床上一倒，他說他幾乎一夜沒睡。晏秋突然想起來，問他：你為什麼不送她去機場？我說了，她不要。威廉側了個身，閉上眼睛。他睏了。

曹開心孩子般裹緊浴巾出來。

你去洗吧。

晏秋應了一聲，急促地站起來，她看看濕噠噠一股陌生氣息的衛生間，有點不想進，但理智告訴她，她應該進去，洗得香噴噴地出來。

她摸黑來到臥室，曹開心把夜燈擰到最暗，屋裡看起來處處都是巨大的陰影，儘管如此，她還是看出來了，曹開心的內褲是大紅色。

今年是你本命年？

不是，只是為了辟邪。

今天還要辟邪？誰是邪？我？

當然不是你。邪氣無處不在，你不知道？

晏秋本能地抱著前胸，好像自己成了那股無處不在的邪氣的一部分，正在被曹開心義正辭嚴的大紅內褲所攻擊。說不定她身上真的有邪氣，她不夠愛他，或者說，還來不及愛上他，她愛的是結婚帶來的好處，邪祟是長了眼睛的，它一定看出來了，它把她看透了。

晏秋想要表現得激動一點，但他好心地提醒她：當心孩子醒了。真是個好人。晏秋控制好自己的呼吸，一切都在按章操作，他的嘴唇涼涼的，鼻尖更是涼得像鐵。他還沒把她吻活，就性急地進入下一個章節。他頂開她的腿，在她肚皮上磨蹭，一次次探向目的地，像掃地機掃完了總是回不到機座，她覺得奇怪，按說醞釀到一定時刻，所有的器官都自動長出了眼睛。她一面靜靜觀望，一面不動聲色迎向他，終於到位了。他丟開她，一個人匆匆忙活，就像一個農夫，把娶來的老婆丟在家裡，自己去田裡幹活。陌生感這時才向她大面積襲來，一切都是陌生的，皮膚，體溫，動作，節奏，都像這租來的房子一樣不屬於她，不愉悅她，她不可遏止地想起威廉來，威廉在這種時刻也不大說話，但他至少是帶著她一起的，他用自己的身體和呼吸把兩個人變成一個人，他從沒離開過她，一秒都沒有，半寸都沒有，連離開她的打算都沒有，他們像兩個被困在失事船上急得團團轉的傢伙，下一秒鐘海水就要破門而入了，而他們還手忙腳亂沒有找到打開鐵門的機關。

曹開心提前結束，滾落一旁無聲無息，似在反思剛才的舉動。晏秋大吃一驚，難道這就是外面牛皮廣告上所說的那種症狀？她本能地覺得羞恥，但理智馬上告訴她，她不應該這麼想。她伸出一隻手，去安慰他，他在她手上拍了拍：有點不正常，我以前很激烈的。

正常的。晏秋應道。

曹開心又拍她的手背：不會再有暴風驟雨的人生了。

曹開心語氣裡透出跟新婚之夜極不相配的悲涼，晏秋卻意外地感到安全，她意識到沒有暴風驟雨的人生才是她應該擁有的人生，沒錯，她渴望的應該是平穩、安全。如果曹開心不再有暴風驟雨，意味著她的海面不會再起風波，她再也要不起風波了，她只想抓住曹開心這段扶手，期待安全登陸的那一天。

曹開心接著說：放心，我會把剩餘的能量全都用在桔子身上，這也是我活著的全部意義了。

她感激地嗯了一聲。他很快就睡著了，她卻愈來愈清醒，第一次在深夜下床，輕悄悄地來到窗邊，她想掀開窗簾一角，看看外面，突然想到曹開心說過的邪氣，手放了下來。如果真有邪氣，應該就在此時，就在窗外，還是不要招惹它。

沒有開燈，屋裡卻慢慢有了些光線，比曹開心洗澡時明亮多了。

她能聽見一大一小兩處鼾聲，一邊是睡熟的兒子，一邊是睡熟的男人，只有她一個人清醒地獨坐著，像個不苟言笑的司機，載著一車昏睡的乘客，在無邊的夜路上狂奔。

桔子那一關過得驚險，卻全無障礙，令晏秋吃驚不小。

那天他突然問晏秋：你要和「聞一在此」的老闆結婚了嗎？

你聽誰說的？晏秋毫無防備，傻傻地問了句。

桔子居然大人似地略過了這一問，繼續說：我聽人說，爸爸不是去了坦尚尼亞，而是死了。

晏秋想反駁，又覺得正好也是時候告訴他了，都到這個程度了，再撒謊就不是撒謊，而是欺騙了。

他死在坦尚尼亞了嗎？

晏秋點點頭。也好，這樣她就不用帶他去看他的墳墓了。

媽媽，你不用擔心我，我很好。

晏秋將他拉向自己，他的臉在她懷裡埋了一會，掙脫出來。

我們班有兩個人的爸爸媽媽是離了婚的。

離了婚也是爸爸媽媽，只是不會每天每天在一起生活了。

我不在乎誰是我爸爸，我有媽媽就夠了。

晏秋強忍住眼淚，她不想在兒子面前稀溜稀溜地哭。

後來她把這一幕告訴曹開心，曹開心既不驚訝也不感動，只說：我早就看出來了，桔子不錯。

晚托班就在小店的樓上，像教室一樣擺滿了桌椅，曹開心在樓上維持秩序，照顧孩子們寫作業，有時還能為問作業的孩子提供一點幫助。晏秋在樓下為孩子們準備下午的零食和水果。桔子在晚托班表現出超強的自律能力，從不大聲喧譁，也不到處亂走，亂丟垃圾，晏秋有一天對曹開心說：桔子沒以前活潑了。

曹開心說：活潑有什麼好，沉靜才是好事，說明他成長快。

晚托班迅速上了軌道。到放學時，來一個家長，晏秋就上一次樓，報出孩子的名字，讓孩子背著書包下樓跟家長會合，曹開心見她總在樓梯上奔跑，就添了個對講機，有家長來，晏秋就在對講機裡報出一個名字，不一會，孩子就自己下樓來了。

除了晚托班，曹開心還掌管了家裡的廚房，理由是晏秋做的飯不好吃。晏秋就在他做飯的時候翻翻雜誌，看看手機，有一天，她突然丟開手裡的消遣，打量在灶間忙碌的曹開心。覺得自己的運氣真是不賴，竟在窮途末路之時碰到了這麼好的男人。

不僅如此，桔子的學習他也全部接管了，為了應付即將到來的小學入學考試，曹開心給他訂製了一整套練習。按我說的做，沒有錯，做完這些，我保證他一進校門就站在前列。計算，寫字，拼音，還有英文。桔子不怕晏秋，但曹開心一眼看過去，他立馬坐得端端正正。

洗澡前，桔子讓晏秋看他的手指，握筆的地方，長出一塊繭巴，跟他細嫩的手指極不相稱。累嗎你覺得？桔子一臉無趣地搖頭。

晏秋跟曹開心說起這事，曹開心兩眼放光：這就對了，你告訴他，這不是繭巴，這是學習勛章，不是每個人都能得到的。

會不會太多了，一回家就寫作業，一直寫到睡覺，電視不讓看，遊戲不許玩。

是他自己自覺性高，我只說了句，做完這些才可以玩，他就一直做一直做，換成別的孩子，早就變著法子玩去了。曹聞一就沒他乖，我一轉身，他就摸這摸那地玩，我一回過身，他又裝模作樣地做功課。

晏秋想說，那是因為他是曹聞一的親爸爸，曹聞一在他面前很放鬆，才會有那種不乖的表現。又怕這種話會無端地生出嫌隙，就忍住沒說。

那天，晏秋剛剛把桔子送進幼稚園，電話響了，很陌生的聲音，晏秋握著電話，呆在原地。

電話那頭的女人居然說她是威廉的媽媽！

她看看周圍，太陽初升，一切生機勃勃，是大白天沒錯，她也不在夢中，難道真有大白天出鬼氣的事，明明威廉已經死去快四年了，明明威廉跟她說過，他的父母已於多年前先後亡故，現在卻有人號稱威廉媽媽，要來找威廉，一個死人可以在陽間尋找另一個死人嗎？

等等，你從哪裡弄到我的電話號碼？

你媽媽那裡。女人說她先去了宜林的絲諾，又花了兩天時間，才通過絲諾找到晏秋的母親。

我媽媽可沒跟我說過這事。

晏秋毫不客氣地掛了電話，當即撥通了媽媽的號碼，媽媽大叫起來：她真的去找你了？我本來沒想告訴她你的號碼，我說威廉已經死了，不管你是誰，都不要去打擾晏秋了，但她後來又說，她有遺產要留給孫子，我想反正你也吃不了虧，電話裡了解一下也可以。她說到遺產了嗎？她人在哪裡？你可當心點，身分證、銀行卡號碼不要告訴她，地址也不要告訴她，保證這兩條就沒事。

晏秋剛一掛掉電話，那個女人的電話又打了進來。

你跟你媽媽證實過了嗎？我沒騙你吧。我來這裡，就是想見見你，見見我孫子，我已經六十多了，身體也不好，這輩子可能見不了你們幾次了。

你說你來這裡？你在哪裡？晏秋突然緊張起來，她直覺不能敷衍這事了。

我剛下了火車，現在還在火車站。麻煩你告訴我地址，我馬上過來，好嗎？

我不能見你，請你諒解，威廉已經去世快四年了，而且他說他爸媽早就過世了，換成你是我，你會見一個從沒見過面的而且已經過世的人嗎？

他爸爸的確去世了，但我沒有，等我們見了面，我會告訴你威廉為什麼要說他媽媽已經去世了。我也是才知道，威廉已經把他媽媽從人世間抹去了，我不怪他，我只想告訴你，他為什麼要這麼做。

晏秋抓撓著頭髮，看看身後的校園，又看看聞一在此的店面，雖然好奇，但還是覺得慎重為好。

你知道嗎？事情已經過去很久了，我和孩子好不容易才適應過來，平靜下來，我們都不想再被什麼事情重新打亂。

我保證不打擾你們，我就看一眼，我們雖然是窮家小戶，終歸還有個小房子，等我死後，我想把房子留給我的孫子，在這之前，我想看他一眼，這也是我最後的心願。

你有什麼東西能證明你是威廉的媽媽？

當然有，我有一些照片，都是威廉學生時代的，還有我們的全家福。

晏秋看看離此不遠的街心公園，路口就有值勤的交警，路上還活動著兩三個輔警，選在這個地方見面的話，應該是安全的。就把地址發了過去，讓她坐地鐵過來。火車站並不遠，順利的話，估計她半個小時就能到。

那人聽起來並不像在說謊，晏秋心裡紛亂起來，如果她說的是真的，那就說明威廉一直在說謊，在騙她，理由是什麼？真實的威廉又是什麼樣的？她想回去，又怕被曹開心看出來，她暫時不想告訴他這事，她從沒對曹開心講過威廉的事，曹開心也不問她。

當然不能讓她看到桔子，她一個人見見她就行了，聽聽她到底要說些什麼。如果實在拗不過，她可以讓她看看手機裡桔子的照片。

她在公園裡踱來踱去，愈來愈心虛，萬一她不是一個人，而是好幾個人同時出現呢？

又或者，威廉有什麼不可告人的祕密，得知她是他妻子，那些人找上門來，向她索什麼東西呢？她固然一無所有，但她有桔子，她不允許任何人傷害到她的桔子。但如果他們傷害到她，不也等於傷到了桔子嗎？沒了她，桔子只會更無助更可憐。

想來想去，她試著給春曦發了個訊息：求助！我有緊急情況，你能過來一下嗎？

等下她跟那個人見面時，如果春曦在一旁假扮路人，看看那人的表情，聽聽她們的對話，同時注意那人身後有沒有跟著其他人，順便幫她分析分析事情的真偽度，她會感到安全得多。

但她不抱希望，她只是盡可能地做點準備而已，春曦跟她，已經不是宜林時期的春曦跟她了。

果然沒有回覆。那個人已經出了地鐵站，在電話裡跟晏秋確認過見面地點了，晏秋說出個最為空曠的地點，那裡有些人在練滑板，雖然吵一點，但不至於被什麼拖到小樹木裡去。

直到晏秋已看到一個四下裡張望著的老年女人朝這邊走過來時，才收到春曦的回覆。什麼緊急情況？被那個男人打了？還是被那個男人賣了？

有人冒充威廉的媽媽來找我，速來！

她把地址給春曦發了過去，迎向那個穿著刻板表情嚴肅的老年女人。

您好！我是晏秋。

與此同時，她非常不情願地從對方臉上看出了威廉的痕跡。

孩子！我就是王威立的媽媽。

王威立？

我去過絲諾造型了，也看了絲諾的員工照片，才知道絲諾裡面的人，還有你，你們都把他叫做威廉，不錯，我也喜歡這個名字。謝謝你和你媽媽對我兒子王威立的照料，謝謝你養育我的孫子，你是我們家的大功臣。

女人說的是普通話，雖然不太標準，但晏秋聽得出來，跟她和威廉去過的老家方言有著天壤之別，所以晏秋理直氣壯地說：先別謝我，我覺得你還是弄錯了，首先，我丈夫不叫王威立，其次，他父母早亡，只有一個哥哥，我去過他哥哥家，他們不是你這樣的口音。

哥哥？女人一笑，搖搖頭：他沒有哥哥，他是我們的獨生兒子。你聽我慢慢跟你講。

女人拿出一張照片，典型的三口之家全家福，坐在一對不苟言笑的中年男女之間的孩子，是有點像威廉，但這並不能說明任何問題。不知為什麼，她決定用手機把照片拍下來。

拍好照片，晏秋後退兩步，跟女人保持著距離，她下定決心絕不主動暴露什麼，騙子什麼都能搞到，照片，話題，還會從你的話語中尋找漏洞，再順著漏洞去瞎編，騙子都是高級演員。她心想，我不給你機會，看你接下來怎麼表演。

是我害了我兒子，是我的錯，都是我的錯。

啊，她要開始了，她的眼神開始變化，焦距拉長，似乎正沉入多年前的往事，沉入她製造的情景當中，她要開始背臺詞了。晏秋覺得自己已經看穿她的一切。

我跟他爸過得不好，但我是一個對生活沒有過高要求的人，而且我天性悲觀消極，我認為人世間本來就不存在理想中的家庭，理想中的夫妻關係，大家湊在一起，不過是為了方便生存下去。正因為如此，生活中我特別能忍。他爸爸卻是個很暴躁的人。我們幾乎是站在兩個極端。舉個例子，他的鞋帶解不開了，一怒之下，他能一剪子把鞋帶豁開。明明是去跟人家求情，求人家幫著辦事，說著說著，他能跟人家瞪著眼睛吵起來，弄得人家以為他要打架。也不知他哪來那麼大的火氣，我懷疑是他的身體出了問題，我只提了一下，他差點沒一頓把我打死，他說我有陰謀，想利用醫院那個殺人現場來謀害他。除了脾氣暴躁，他還愛喝酒，在我們家，只要一聞到酒氣，就知道世界末日不遠了，因為他一喝酒就心情不好，見啥啥不順眼。有年除夕，我事先做了大量工作，終於成功了，他不僅沒喝酒，還跟大家一起坐在電視機前包餃子。才包了三個，就不對勁了，我從他的腮幫子看出來，他在咬牙，在發狠。見勢不妙，我說你去準備鞭炮吧。話還沒說完呢，就見他一使勁，第四個餃子皮被扯成了兩半，他盯著它看了一小會，一揚手，連皮帶餡扔到電視機上。這沒什麼，待會兒我擦一下就好了，我用眼神示意大家別動，別生氣，他一回頭，看到我的眼神了，厲聲問我為什麼要擠眉弄眼，為什麼要挑唆全家人針對他、孤立他。不待我回應，他回過身來，一腳踢翻盛餡兒的小盆。吃個屁！有什麼好吃的！他用腳踩那些打翻在地的餡兒。我當然要忍著，大過年的，不好吵架，威立見我不動，也假裝什麼事都沒發生，但我看見兩顆亮晶晶的眼淚一前一後掉到他手中的麵皮上。然後他就去喝酒去了，然後我們家的電視機就在那年沒有了，他拿酒瓶子砸的，他說電視把一家人弄得像坐在一起的陌生人，像車站碼頭的乘客，坐在一起，卻各懷心事。

威立上大學那天，是我送他去報到的，我們都擔心他控制不了自己的情緒，在外面惹出什麼麻煩來。結果我們剛到火車站沒多久，他就趕來了，氣喘吁吁地站在我們身邊，什麼話也不說，一路上都是如此，快要下車了，他才對威立說：我不會給你丟人的。威立害怕地朝我看，我一點辦法都沒有，只能祈求蒼天，至於我，他自始至終都沒看我一眼。我知道這很不妙。後來我想出了一個辦法，我跟威立說，就讓爸爸一個人陪你去學校報到，我就不去了。事實證明我是對的，威立在電話裡跟我說，謝天謝地，大學入學總算平安無事地過去了。他回來了，一進門，我還沒問他學校情況怎樣，他就一把揪住我的頭髮，把我抵在牆上，問我為什麼不安排他送威立入學，為什麼要這樣對他。我知道說什麼他都不愛聽，他特別不愛聽人家說他容易失控，我決定啥也不說，讓他宣洩一通可能就過去了，但那天他有點不尋常，他說他能看到我的下一步是什麼，他說我一定是想逃跑，帶著兒子跑到某個地方躲起來，讓他再也找不到家人。我越是不承認，他就越是認定，他轉過身，拿起我放在案板上的擀麵杖，朝我掄過來。我的肋骨咯嘣斷了兩根。寒假裡，威立對我說：媽，他的狀況只會愈來愈壞，我們得想個辦法。我說要是能想辦法，也不會到今天，反正你已經從這個家逃出去了，以後少回家就行了，你記住，以後千萬千萬不要變成他這樣的人。威立答應我，以後寒暑假他就不回來了，正好在外面搞搞勤工儉學，如果我想他了，就去學校看他。考慮到以後見面機會少了，整個寒假裡，威立一直宅在家裡，偶爾跟著我出去買買菜、辦點年貨。臘月二十八那天，他讓威立跟他一起去鄉下給祖宗上墳，他的弟弟也會過來跟他們一起去。威立不知是忘了還是不願去，我去超市的時候，他也站起來，緊緊跟在我後面。他爸爸一步躥了過來，攔住我們，指著我的鼻子罵：臭女人你到底安的什麼心？我反問他，我去辦年貨，你覺得我安的是什麼心？那你憑什麼叫走他？說好了要去上墳的。我說你沒長耳朵嗎？你聽見我叫他了嗎？腿長在他自己身上。他一把搶過我的小拖車，狠狠摜在地上，我想我也可以不要那個小拖車。我繼續往外走。他開始罵罵咧咧，還把一隻小凳子拎起來砸在地上，當場就散了架，我心想，凳子反正也不值幾個錢，你就砸吧。他又開始砸杯子，瓷片像砲彈一樣飛起來。威立開始吼他：你有完沒完？你想把她剩下來的所有肋骨都打斷掉嗎？欺負女人算什麼本事？

就在我回頭的瞬間，他們打了起來，威立被他摁在下面，我當然要幫威立，我撲過去咬他，他鬆開威立，左右開弓打我的臉。我氣急了，我都一把年紀了，你還拿我當畜牲打，我也拚出老命和他對打，但我根本不是他的對手，他把我摁在下面，用膝蓋壓著我，問我是不是不想活了，我說跟你這號人在一起，我早就不想活了。他大喊一聲：好！我成全你！但他身子一歪，從我身上倒了下去，我爬起來一看，威立握著擀麵杖，正看著地上的他發呆。我看到血從他的後腦勺上往外冒。

我承認我當時很害怕，但與此同時，我心裡一陣輕鬆，如果他真的死了，那我也算解脫了，從此以後，我可以安安靜靜地生活，再也不用提心吊膽了。我安慰威立：別怕，他死了更好，反正也沒幾年好活了。我悄悄拿下威立手裡的擀麵杖，擦了又擦，然後我一直捏著它，如果真有事，一切算我的，威立也是為了救我才下手的。我說威立，你記好，你什麼都沒做。

他的身體正在慢慢變涼，我確信他死了，接下來該怎麼辦？我想起電視報紙上的那些殺人犯，那些肢解屍體者，突然間理解了他們，此時此刻，如果我能夠，我真想做他們曾經做過的，而在此之前，僅僅五分鐘以前，我還在為過年的大餐做預算。有人敲門，我們對視一眼，都不敢開，門外的人在叫他的名字，是他弟弟，他們約好的，他來叫他一起去上墳。

我站起來，開門前，再次對威立說：記好，你什麼都沒做。我沒忘了緊握著手裡的擀麵杖。

他弟弟一看就明白了。他報了警。他很激動，電話裡一時說不清我家地址，還是我告訴警方的。我已經完全冷靜下來了。

我對他弟弟說：雖然不是故意的，但我還是要說，我早知道會有這一天，不是他就是我，今天我只是運氣比他好一點。

他弟弟當然了解他，也了解我們這些年是怎麼過過來的，他什麼都沒說，只是嘆氣：你蠢吶！你這不是害了自己害了全家嗎？

他看看威立，對我說：你腦子要清醒點，盡量不要連累孩子。孩子讀書讀到今天不容易。

是他弟弟夫婦倆在幫我徵集長期被家暴的簽名，又幫我跑各種管道，讓我以防衛過當從輕判決。整個過程中，威立一直沒有露面，他弟弟說，他也沒見著威立，應該是去學校了。

服刑到第三年的時候，我才知道，那件事情發生以後，威立就沒回過學校，沒人知道他去了哪裡，他就那樣消失了。

直到去年，有個人突然跑來對我說，他在宜林一個理髮店裡見到威立了，說他現在是個很不錯的理髮師。我就跑去找，結果人家告訴我，他游泳時出事了，還說他結了婚，有了孩子。我又慢慢打聽著問到你家裡，找到我親家母，她說你幾年前就出來了，親家母真聰明，她防著我，不肯給我你的號碼，我就去幫她做事，看守菜攤，給她做飯，打掃房間，她照料過威立，我回報這一點遠遠不夠。後來她終於給了我你的號碼。

晏秋眼睛一酸，視線就模糊起來，這是只有媽媽才做得出來的事，她的獨生女兒好不容易從陰暗中走出來，重新結了婚，開始了新生活，怎麼能被已亡故的前夫的母親再次拉進沼澤裡去呢？她抬起頭，想用這個動作逼回漫上來的眼淚，無意中瞥見一輛計程車駛過來，在路邊停下，緊接著，春曦從車裡鑽了出來。

晏秋心裡一陣狂喜，但她沒有出聲，只衝春曦使了個眼色，讓她就在她們周圍活動。

我的威立真命苦啊，好不容易有了自己的家。我的預感沒有錯，我很早就莫名其妙地有那種預感，他小的時候，人家的媽媽都鼓勵自己的孩子去游泳，只有我不想讓他去，一來我看到水就害怕，二來我自己不會游泳，我不能讓他去我不能保護他的地方。原來一切早有定數啊，原來游泳就是他的死穴啊。

女人滿臉傷心，卻沒有眼淚，像一條毛巾，儘管濕潤，卻怎麼也擰不出水來。

我這次來還想見見我的孫子。

女人一提孫子，晏秋猛地想起來了，難怪威廉總是一動不動地望著桔子發呆，難怪他說桔子長得像爺爺時，臉上會出現那種奇怪的神情。

儘管如此，她的警惕一刻也沒有放鬆：不對，那個哥哥怎麼回事？我可是跟他一起到他哥哥家去過的。

女人問起哥哥家的地址，晏秋已經不大說得清楚那個地名了，但她記得坐了哪幾趟車，以及那個地方的大致方位和地貌。女人哦了一聲：我想起來了，那應該是貴州的某個地方，大一那年暑假，他和幾個同學到那個地方去支教過，很可能是那個時候結識的朋友。

難怪他在那家人家裡顯得客氣而拘謹，而且不願在家裡久待。

女人再三要求看一眼孫子，晏秋在手機裡找桔子的照片時，發現自己手抖得厲害。她側了側身，她不想讓那個女人看到她在發抖。

女人開始還笑著，笑裡帶著淚花，慢慢地，她的笑容凝固了，難道她也從桔子臉上看出了什麼震撼她的東西。

晏秋果斷地把手機拿回來。現在，桔子是她的，是她一個人的，他像誰都不重要了。

女人小心翼翼地說：如果你很忙，能否把孩子放到我那裡去，你放心，我帶孩子沒有問題的，我會時時刻刻讓你跟孩子保持聯繫。

不可能。晏秋不假思索地說：我們好不容易習慣了這種狀態。

孩子知道他爸爸不在了嗎？

當然知道，我不能對他撒謊。

晏秋迅速調整好情緒，讓自己堅定起來，你有壞歷史、壞情緒，那是你的事，別想把我拖進去。就算你說的都是真的，我也不想跟你有任何瓜葛了，你去哀悼你的兒子，我只想精心撫育我的寶貝。她看著眼前的女人，沒有一絲一毫的親近感。

或者你讓我偷偷看他一眼，我保證不去跟他說話，不讓他知道他還有個奶奶。女人開始哀求她。

沒必要，就算你說的是真的，你仔細想想，是讓他健健康康一張白紙地長大比較好，還是讓他裝一肚子負能量、憂心忡忡地長大好？

他可是我兒子唯一的骨血，我見了他就像見了我兒子一樣，請你無論如何也要滿足一下我的願望。

不行。晏秋咬著牙對自己說，不能讓桔子在心底裡收藏一些莫名其妙的記憶，他會記得的，某年某月，一個老奶奶怎樣地望著他，她會抓住這個機會向桔子發功，她會拚盡全力向桔子發送屬於她的陰暗訊息。

我已經六十多了，渾身是病，我可能見不到他第二次了，我還有個小房子要留給他，留給我們王家第三代，你一定要讓我見他一面。

更不能因為貪圖小利而去打破桔子的平靜。晏秋果斷地說：請您回去吧，我真的做不到。

晏秋一咬牙，轉身就走。她聽見那個女人在後面大聲哭泣。

或者，你再給自己一點時間？春曦在後面追上來，破天荒用商議的語氣說：我怎麼覺得她不像在撒謊呢。

晏秋突然回過身：那又怎麼樣？事已至此，你覺得我還能怎樣？

要不，先把她安頓下來，我們聊聊再說。

好啊，你終於肯跟我聊了，看來我還要感謝這個突然出現的女人。

沒良心，哪次你急需我的時候我沒出現？

晏秋依了春曦，回轉身來，帶阿姨去登記旅館。她覺得不管怎樣，叫她阿姨總沒錯。

阿姨你先住下，自己隨便逛逛，我需要點時間整理整理思路，等我整理好了，我會來找你的。

她們終於又並肩走在一起了。

終究還是有了些不一樣，兩個肩頭隔得那麼近，但就是碰不到一起，空氣像凝膠固定著那點距離，輕輕提醒她們，中間隔了些什麼。

真的要跟這個姓曹的過下去嗎？春曦嚴肅地問她。

這是什麼話？當我走投無路，連你都不肯理我時，只有這個人全心全意幫助我，收留我，如果他不反對，我恨不得來世還當他老婆呢。

真的嗎？如果威廉活過來你還敢講這話嗎？

他活過來我也不要他了，我後來想通了，一個真心愛老婆愛孩子的人，是不會輕易死掉的。他一定是對我這個老婆、對這個家有嫌棄之心了。

什麼廢話！你不覺得你很遲鈍嗎？

我知道，我也想變得聰明些，沒辦法，大不了我活得笨拙些唄。

還不是遲鈍，是根本就沒腦子。

隨便你怎麼說。我相信這個世界並不都是聰明人的世界，如果人必須費盡心機才能活下去，那人類早就滅絕了。

唉，不點醒你你是怎麼都想不到了。其實他早就給自己判了刑了，你想啊，弒父，然後還讓母親替他頂罪，他這輩子哪裡還有出頭之日，他這一生都在服刑，一輩子都活在自己給自己的判決裡。桔子真的像他的父親嗎？也許像，但我覺得，主要還是他內心的恐懼和負罪感的外化而已。

然後呢？因為無法擺脫這些困擾，就自殺？是的，我想過這一點的，我想他有可能其實是自殺了。但我一想到自殺兩個字，心裡就一陣厭惡，你已經是一個父親了，你有責任在肩了，你沒有權利隨隨便便死去，你連想都沒資格這樣想，所以，如果他真的是自殺，我不僅不原諒，還會更加恨他。

所以我說你遲鈍啊，是不是自殺，你不是不可以判斷的，人不可能神經病一樣突然跑去自殺的，之前多多少少都應該有過一點預兆。

春曦這麼一說，晏秋突然想起那次帶桔子去絲諾，碰到一個人自稱是跟威廉同住一棟樓的鉗子叔叔，還說他前不久看見過他媽媽，天哪，怎麼把這麼重要的訊息給忘記了。她急不可耐地把那天的情景講給春曦聽，威廉如何不承認，如何衝客人發脾氣，事後又不回家，一個人出去散步到深夜。對了，回來後好像還跟她討論過養大桔子要多少錢的問題。

現在我差不多要相信這個女人說的都是真的，如果不是那個鉗子叔叔突然跑出來，威廉肯定就還在絲諾乖乖地待著，做他的首席造型師，那麼一切也都還在維持原來的樣子。鉗子叔叔幾句話就戳垮了他精心搭起來的謊言大廈。晏秋睜大眼睛，彷彿看見了某種恐怖幻境。

春曦默然應對。

晏秋的眼睛似乎成了某種通道，她愈思索，眼睛就睜得愈大：既然他心裡真的藏了那麼多陰暗的東西，那麼多毛病，幹嘛要結婚？幹嘛要生小孩？

話剛說完，她再次醒悟，他原本是不想要這個孩子的，他帶她去做人流，中途有事被人叫走了，孩子這才越過封鎖線勉強生了下來。是的，他的確不想要孩子，是她堅持要生下來。晏秋繼續在腦子裡重播他盯著桔子看的情景，原來一切都是有緣由的。

他果然是自殺的，晏秋以前也想過這個可能，但那時她覺得他沒有足夠的理由。

算了，過去的就讓它過去，鎖起來，等我們老了去翻翻，尋開心。春曦提議去吃東西。

她們去了重慶小麵館，一份紅油抄手，一份紅燒牛肉麵，端上來的時候，晏秋說：老規矩，你先選。春曦沒動靜，晏秋將牛肉麵裡的牛肉粒扒拉了一半到春曦的抄手碗裡。以前她們在一起吃東西時，她也這樣謙讓春曦。她知道春曦愛吃肉。

不要這樣啦，討厭！

春曦把碗一拖，一塊牛肉掉到桌上。晏秋不理，繼續往春曦碗裡搛牛肉粒。這是我們的老規矩。

什麼老規矩，人家早就不吃那麼多肉了。

但她塞進嘴裡的第一口，仍然是晏秋挾給她的牛肉粒。晏秋放心了。

沒想到我竟然碰上個吃素的人。

哪個？

還能有哪個？我的現任丈夫啊。

不吃肉的人，是不是那方面也不行啊？算了，我瞎說的。

晏秋微微一笑，低下頭去吃麵。過了一會，抬起頭，怪異地看著春曦。

也不全是瞎說。

春曦放下筷子：那又何必……

我已經有桔子了，他也表示不想再要孩子。

是做愛，又不是播種。春曦提高聲音，驚起一片目光，晏秋差一點奪門而逃。

你從來沒有問過我關於婚姻的體會，我一結婚你就跑了，現在我又結婚了，你仍然不聞不問。好吧我告訴你，婚姻的主要功能不是做愛。

那是什麼？

我也說不清，反正做愛不是最主要的。

好吧，我允許你講講你的婚姻。

我只有一句話，婚前和婚後差別太大了。我和威廉真正的婚齡其實還不到兩年，這兩年裡你知道我們都是怎麼過的嗎？白天我們是見不著面的，因為我們各自都在上班，你知道他那個工作，回家總是很晚，一回來就得躺下，沙發，床，地上，哪個離他近就躺哪個。我理解，他總是站著工作，太累了，腿上都靜脈曲張了，問題是他躺下不是為了重新獲得力量，打起精神，他一躺下瞌睡就來了。只有一種情況能讓他睜開眼睛，有點表情，那就是你，我們總在一起講你，我們就像你的爸爸媽媽一樣，一講起你就眼睛發亮，精神十足，除此以外，他都是一副懨懨欲睡的表情。我甚至想，如果沒有你，我跟他很可能無話可說。

講我什麼？春曦有點尷尬。

講你以前那些糗事啊，說天下再沒有第二個春曦了，竟然因為一張大嘴巴而弄丟了工作，我們都認為，如果你不公開宣揚你想跟那個副行長結婚，可能就不會有後來的買斷工齡一事，人家生怕你毀了他的大好前程。

你們想得太簡單了，不可能僅僅因為那件事。除了這個，還講我什麼？

什麼都講，看到什麼講什麼，比如吃飯，比如穿衣，比如走路，總之，就感覺你並沒有走遠，你還活在我們中間，我們還是三個人在一起。

我還以為我離開了，對你們更有好處呢。

婚姻就那樣，就像我們去買衣服，沒買到手的時候，魂牽夢繞，不弄到手就吃不下睡不香，真正到手了，不出一個月，就變得普普通通，平平常常。

那為何這麼快又結了婚。

如果你也面臨我這樣的生存壓力，你也會馬上結第二次婚的。我需要一個幫手，否則我沒法在這裡活下去。

聽你的意思，你跟威廉，後來沒感覺了，是嗎？

晏秋臉上若有所思：我覺得我們其實也沒什麼問題，當然，這只是我的感覺。為什麼你要這麼問？你覺得我們有問題嗎？

沒有，就是，不大見你提起他。

提他幹嘛？回憶往事？太奢侈了，從來到這裡第一天起，我就處於高度緊張狀態，生活費怎麼辦？房租怎麼辦？孩子學費怎麼辦？孩子安全嗎？孩子心理健康嗎？現在終於好過點了，總算有人來幫我操心了。

既然這麼難，為什麼不回去？回去至少沒有這些困難。

我還沒有告訴過你吧，我後來被幼稚園辭退了，沒有辦法才過來投奔你。打不通你電話的那段日子，我差點精神崩潰。

春曦似乎深受震動：那你當時為什麼不說實話？

我怎麼敢說實話，還沒賣慘呢，你都不敢見我。不過我理解你，你肯定是有難處才不肯見我的，大家都是出來謀生的人，都不容易。再說我也不想被你看不起。

春曦突然以手捂臉。

現在好了，終於熬過來了。前幾天我還在想，哪天運氣好，春曦終於肯跟我聯繫的話，我一定要告訴她，我的家就是你的家，我要讓離家在外的你，重新找到家的感覺。

謝謝你，把我放在這麼重的位置，但我不一定配得上……

如果你都配不上，世界上還有誰配得上呢？

我曾經對你粗暴無禮。

你做什麼我都不生氣，這是沒有辦法的事，我必須認命。

我也許撒過謊。

誰沒有撒過謊？

總有一天，你會恨我的，你會恨死我的。

恨任何人都有可能，只有對你不會。

你他媽能不能不要這麼情意綿綿的呀？我快受不了了。

我也沒辦法呀，我暗地裡發過誓，再也不見你，再也不聯繫你，可我一見你，一聽到你的聲音，那些想法馬上就煙消雲散了，就像從未產生過一樣。

春曦說她知道一個不錯的做頭髮地方，建議晏秋也去試試，伸手摸摸晏秋的頭髮說：你的髮量好像比以前少了好多，還乾燥。晏秋哀嘆一聲：我的頭髮忠實地記錄了我這些年來的遭遇。

她們叫了個車，兩人坐進後座，春曦的手摸過來，搭在晏秋的膝蓋上，她的手還是很肉，背上有三個細小的漩渦，食指上有一枚方形戒指，她記得春曦以前很少戴飾品。沒有無緣無故的轉變，她很介意這些轉變，那是她需要趕上去的距離。只要春曦不再玩消失，她相信她很快就會趕上去的。

不論發生什麼事，記住，永遠不要懷疑我的真誠。

這是表白呀？晏秋笑。

還有，自始至終，你都是我的好朋友。

幹嘛呀？難道你又要逃跑？晏秋覺得好笑，又感到緊張，春曦一般不會這麼情深意長地說話的。

到達目的地，春曦指指對面說：你先進去，我去對面的銀行辦點事再過來。

晏秋答應著，朝理髮店走去。

全黑的裝飾風格，店員也是全黑打扮，晏秋有點恍惚，彷彿穿越到幾年前的宜林，置身那個又閃又酷的造型屋中，因為鏡子太多，她目光凌亂，一會兒找不到自己，一會兒又看到好多個自己。她差點一頭撞上玻璃。有人上來問她，正要開口，一個人影闖進她的視線，一身黑色裝扮，腰胯間掛著琳琅滿目的工具袋，手裡拿著一把黑刷子，好像威廉，天哪！他真的好像威廉。真是見鬼了，一到這種地方，她就產生幻覺，就像威廉還活在理髮店讓人眼花撩亂的光線中。

她想離開玻璃，離開幻覺，就離開上來問她的人，往偏暗一些的地方走去，果然，幻覺沒有了。幻覺就是幻覺，倏忽即逝。

可當她一回頭，幻覺又出現了，一片玻璃折射出來的凌亂的光線中，威廉面無表情地看著她，對上了他視線的一剎那，她打了個長長的寒噤，難道威廉的魂魄一直跟著自己？還是他順著水流沖進了長江，又順著長江漂流到了這裡？這也太神奇了，難道一個髮型師隨水漂流的靈魂也要找一家理髮店才能安身嗎？

她又想起那天江面上的打撈隊，那些在陽光下皺著眉頭衝她嚷嚷的船工：江底的泥沙都被我們掏了三遍了，除非他一下去就化了。打撈隊長是這麼跟她說的：你還記得當時有艘客輪嗎？我懷疑是被客輪的螺旋槳吸走了，當然這只是我的猜想之一，猜想之二仍然跟客輪有關，客輪把他帶到長江裡去了，長江我們就沒辦法了，那個水太急了，而且時間也太長了，我們真的無能為力了。

她再次向那個地方看去時，幻覺消失了，也許她已適應了這裡的光線，再也無法產生幻覺了。

殷勤的髮廊小哥走過來，細聲細氣地勸她坐下，問她之前有沒有來過這裡，有沒有熟悉的髮型師，她神思昏昏，竟不由自主地說出威廉這個名字。

你確定嗎？我們這裡好像沒有這麼個人。髮廊小哥抱歉地說。

那麼，就還是幻覺。

她打電話給春曦，劈頭就問：你怎麼還不來？嚇死我了，我剛剛在裡面看到了威廉的鬼魂，我到現在都走不動路。

是嗎？

我一定神，他就不見了。每次到這種地方，我都會產生類似的幻覺。

有時還是要相信自己的眼睛的。

這是什麼意思？髮廊又開始在她眼裡搖晃起來，那些閃閃爍爍的光線，那些亮晶晶的小工具，像萬花筒一樣在她眼裡變幻出不同景象。

呆坐片刻，晏秋突然起身，衝向櫃臺，問服務小姐：威廉！你們這裡有個理髮師叫威廉嗎？

小姐不假思索地搖頭。

王威立呢？關鍵時刻，她想起那個被她安頓在旅館裡的女人。

王威立？我們這裡也沒有這個人。

她看到櫃臺小姐的眼睛迅速猶豫了一下，而且她說王威立三個字時過分流利，只有對一個人很熟悉時，才能這麼流利地叫出他的名字來。

所有的血液都在向頭頂衝去，她聽到它們在血管裡發出不絕的吶喊。她突然有了個大膽的狂想。她以迅雷不及掩耳之勢，揪住一個正在給客人理髮的小夥子問：王威立在哪？櫃臺小姐在後面咳嗽了一聲，小夥子表情立即變了，冷淡地答道：不知道，你去問櫃臺吧。

他說他不知道，而不是本能地問：誰？她覺得後者才是正常反應。

不用再問了，她飛快地出來，到對面的銀行去找春曦，但春曦並不在裡面。她向銀行的大堂保安描述春曦的樣子，保安搖頭：沒見過這麼個人。

事情很明白了，春曦專門帶她來，專門給她看那個「鬼魂」，還特別提醒她，「有時還是要相信自己的眼睛」，她就是再遲鈍也能把兩個畫面連接起來了，原來那個被打撈隊打撈了一天一夜的人並沒有死，他逃到這裡來了，逃到春曦身邊來了，原來他一直都躲在這裡，他們躲在這裡過起了小日子。

一屁股坐在銀行門口的臺階上，竟再也爬不起來了，她想給春曦打電話，電話拿在手上好好的，突然掉落在地，她去揩汗，碰到自己像冰棒一樣涼的臉。

電話通了，春曦的聲音小心翼翼。

最終他還是選擇了你，你們倆聯起手來耍了我。既然如此，又何必當初？你覺得這樣繞一圈很開心嗎？很有意思嗎？

我本來可以什麼都不告訴你，就算你有一天自己碰上了他，我也可以說，我跟他毫無關係，我本來可以這麼做的。

是啊，你為什麼還要告訴我呢？我寧願你沒有告訴我，我寧願我什麼都不知道。你知道你這麼做有多混蛋、多殘忍嗎？

要怪就怪他突然出現的媽媽，以及非要把我叫過來看到她的你自己！否則我不會輕易改變主意。我們不能讓他繼續這樣流放自己了，你也不能繼續被蒙蔽了，雖然現在明白這些已經有些晚了。

我不想聽這些，我只知道，他無恥地拋妻棄子，跑到這裡來跟你祕密會合。你們真是沒有底線的一對狗男女。

我向你發誓，我沒有跟他會合，事先他也沒有跟我通過氣，他是突然一下像鬼一樣出現在我面前的，他說他完蛋了，萬劫不復了，他說如果我搖一下頭，他馬上從我面前消失，永遠永遠地消失。而就在前一天，我接到了你的電話，你告訴我，他死了，死於溺水。

晏秋發出自己都厭惡的冷笑聲，這聲音幾乎讓春曦結巴起來。

當……當時我的想法是，你們終於過不下去了，這樣的事情我聽說的太多了，我以為他是從失敗的感情裡逃出來的。現在我知道了，是那個突然冒出來的鉗子叔叔，把他從夢境般的好日子裡揪出來，讓他再一次無處藏身。不管怎麼說，我覺得我至少是誠實的，當你說你要來海市的時候，我是不是勸你不要來？等你突然宣布你已經到了，我只能粗暴地斷絕跟你的聯繫，因為我真的不知道該怎麼做。

晏秋的喉嚨乾得要冒煙，乾得連說話都困難。

行了，這事到此為止吧，我已經把他埋葬了，對我而言，他就是一具面目模糊、散發著惡臭、爬滿了蛆蟲的屍體，你既然這麼喜歡這具骯髒的屍體，那你就拿去用吧，反正我現在已經有了新的合法丈夫。

春曦突然掛斷了。

晏秋站起來往前走，眼淚不住地往下掉，她也懶得擦，就讓它流過面頰，流經下巴，滴落在胸前。

她明白這幾年來為什麼會莫名其妙生一個死人的氣了，不是在譴責他的不負責任，而是命運在冥冥之中向她提示某種真相，只是她比較遲鈍，沒有覺悟而已。

幸好沒讓桔子知曉這一切，她永遠不會讓他知道，即便將來桔子向她問起，她也只會說，他死了，很早就死了，死在非洲，死在坦尚尼亞。

還好有個曹開心，她把署名開心的電話調出來，給她的歸宿和命運打電話。

電話還沒撥出去，她已開始鼻酸，與此同時，她想起高中時代英語老師教他們唱的那首著名的英文歌：

當我還是個小女孩
我問媽媽
將來我會變成什麼樣
會漂亮嗎

會富有嗎
她對我說
世事不可強求
順其自然

她記得老師唱著唱著就流淚了，她是全校最漂亮最洋氣的老師，她當時不理解一個人怎麼會因為一首歌而流淚，現在她完全理解了。

曹開心就是她的順其自然。其實所有人都是她的順其自然，在命運的河流裡，連弱小的反抗都是順其自然。

曹開心的聲音響起，她在淚簾下綻開誇張的笑臉，否則她擔心她的聲音會洩漏她的心情。她得轉換語氣，進入另一個頻道。她提高音量，裝出愉快的樣子。

店裡沒事吧，我會抓緊時間趕回來的，今天路上有點堵。你想要點什麼？我給你帶回來。她愈說愈動情：滷牛肉要嗎？鴨脖子呢？鳳爪呢？素雜拌呢？

哎呀隨便隨便。曹開心似乎有點不耐煩：這個桔子怎麼搞的？昨天給他加做的幾道題，幾乎錯了一半。

慢慢來，他能行的。

還慢慢來！有你這樣的媽，他的成績怎麼會好。

她去滷菜店，挑了幾樣曹開心喜歡的。曹開心是個嚴格的父親，這對桔子只有好處，能有一個這樣的繼父，比威廉那樣的親生父親不知強多少倍。

這回反過來了，春曦一直不停地打她電話，她都不接，原來對一個人斷然不理是能產生快感的。後來她索性把手機設置成了靜音，看著螢幕時時亮起，又委頓地熄滅，快感依然。

整整一天一夜都是如此。第二天，終於帶著居高臨下的微笑接了，她想聽聽春曦到底要說點什麼，又能說點什麼。她有一千個理由永不原諒他們兩個。

春曦竟然也是氣呼呼的：別以為我就不會受傷，我也是人，我的感情也是感情，我的感情被踐踏心裡也會痛。

你不是贏家嗎？贏了怎麼還會痛？對了，他怎麼跟你講我的？又土又笨，像個傻瓜？

隨便你怎麼冷嘲熱諷，我只想告訴你，他根本沒告訴我你去過理髮店的事，由此可以看出，他很可能又在計畫下一輪逃跑。

那你留住他呀，請你不要有任何顧慮，我看到的只是我的幻覺，我不會讓他再看見我，你也不用再看見我，我們就當從此陰陽兩隔了。

好好說話！不要弄得像我搶了你什麼東西似的，我打電話給你，不是為了解釋什麼，該解釋的我都解釋過了，我只想問你，你覺得這事就這樣結束了嗎？

當然，他都已經死了好幾年了。

沒這麼簡單吧，你不覺得我們倆都是受害者嗎？

晏秋心裡一驚，如果她沒有發現他又活過來的事實，她其實談不上受害者一說，但真相既然已經暴露，她似乎也是可以憤怒的。

春曦接著說：他當我們是他的驛站，一有風吹草動就跑。以前是不知道，既然已經知道了，我們難道不該做點什麼嗎？

怎麼做，又不能殺了他，再說你也捨不得呀。

我當然不能殺了他，但我可以讓他見見他最不願見到的人，折磨折磨他，比如讓他母親突然從天而降，或者弄一張他父親的照片，做成面具，裝扮成他父親的鬼魂，突然出現在他面前。

哎呀！晏秋驚呼一聲：你不說我還忘記了，都是給你們氣瘋的，他母親還在旅館裡呢，我是絕對不會給她看桔子了，我待會就去把她打發了。

留住她吧，暫時不要告訴她威廉還活著，她走了我們的計畫就不完美了。

別傻了，還能有什麼計畫呀，遠離他們就對了。

那不行，我們得有所行動。見面聊吧。

兩人敲定了見面地點，一個多小時後，春曦風風火火地趕過來了。

依然是黑色，但形狀變了，春曦放棄了黑皮帶，放任黑色吊帶裙袍子一般鬆鬆垮垮罩下來，一直拖到膝蓋上方。晏秋帶著一種占了上風的優越感打量她：你忘了繫皮帶，還是剛從你們的床上爬起來？

你不就是想說這樣穿顯得矮胖嗎？為什麼我一定要讓自己顯得高䠷呢？

咦？這不是你自己當年的屁話嗎？你說女人的穿衣法則就是要顯高顯瘦。

那是以前，那時我還鬥志昂揚，現在我已決定丟盔棄甲。言歸正傳，現在我們最要緊的是找一個會做面具的地方。

真的要做啊？太孩子氣了吧。

晏秋雖然反對，卻告訴春曦她知道有個地方專賣萬聖節禮物，但不知道他們這個季節接不接受訂做，她指著一條馬路說：穿過這條路，再往左拐就是。

兩人誰也不說話，悶著頭慢慢往前走。走了十多米，春曦突然搶前一步，回過身來，望著晏秋，倒退著走。晏秋故意看向地面，不理她，她固執地盯著晏秋，一步一步往後退。

有毛病！晏秋瞪著她。

當然有毛病。春曦似笑非笑地說：我怕你在背後捅我一刀，所以我要看著你走。晏秋使勁憋住，才沒笑出來。春曦見狀，涎著臉往她身邊湊，晏秋在春曦光裸的肩上砸了一拳，春曦誇張地大叫，一時間，如同陰霾消失，百花齊放，百鳥爭鳴，兩人就這樣神奇地和解了。

春曦身上那件露肩的上衣吸引了晏秋，她提議：先把面具放一放說點題外話，我一直都想嘗試這種衣服，又怕肩關節受涼。

受什麼涼啊！老土！就算受了涼，又不是沒辦法治。

待會我們找個公共廁所，你讓我試穿一下吧。如果合適，我也去買一件。話說我已經好幾年沒跟你一起逛街了，沒有你，我都不知道怎麼穿衣服了。

走了一陣，一個很小很小、門臉深深內陷的服裝店出現在她們面前，春曦掃了一眼，說：這家店裡就有你想要的衣服。

晏秋一聽就想往裡闖：我只是去試一下，不會超過兩分鐘，不會耽誤你做面具。

春曦一笑，兩步搶在她前頭，推開了店門。

這家店也是奇了，專門賣些暴露裝，露肩裝，露臍裝，露臀裝，破洞褲子，破洞夾克，總之，就沒有一件完整無缺的衣服，全是破破爛爛，卻又光彩奪目。

晏秋試了一件，嫌大，打著鼻環的看店姑娘拎出另外一件：你應該試小一碼。

果然好多了，晏秋覺得自己看上去還不錯，該貼身的地方像皮膚一樣不緊不鬆，暴露的地方也恰如其分，不多不少，連春曦都頻頻點頭。

很快，春曦也發現了自己中意的衣服，向晏秋提議：要不，我們先休息十分鐘，試好衣服再談那件事？

你決定好了，是你要做面具的，又不是我。晏秋沒好氣地說，同時不顧一切向牆邊一溜衣服撲過去。

挑啊選啊，不一會，兩人共用的試衣間裡就堆滿了衣服。看店姑娘送來兩杯檸檬水，順便溫柔地火上澆油：其實買衣服最大的樂趣就在於試穿，從中慢慢發現自己的多種可能性。

誰說不是呢？晏秋已經發現自己不僅適合露肩裝，露臍裝的效果也不錯，破洞夾克上了身也不差，牛仔面料上釘著彩色星星和愛心圖案，拿在下巴下面一比試，立即看見了一個全新的自己。她是徹底興奮了。有多久沒這樣痛痛快快地挑選衣服了，上次逛店好像還是買旗袍那次，曹開心把她放進旗袍店裡，一個人跑到小公園去抽菸，等她挑好了，穿給他看，他掃了一眼，評價只有兩個字：老氣！從那以後，她在買衣服這件事上再沒獲得過滿足感。

兩人共用一面穿衣鏡，春曦瞄了她幾眼說：一點都看不出來你生過孩子。

晏秋捏一把腰間，謙虛道：還是有些地方變了。

春曦撇撇嘴：一誇你你就上天了。

晏秋驚訝隔了這麼久，發生了這麼多事，一旦進入試衣模式，兩人立刻回到從前。

一人選了兩件，再一人拿一杯看店姑娘送的檸檬水，道著再見出來，心滿意足地對視一眼，不約而同地笑出聲來。

現在該去做面具了。春曦提醒道。

嗯。不過，今天兩件衣服我全都滿意，看來衣服真不是靠買的，是靠碰的。

你現在是不是已經不生他的氣了。

如果沒有曹開心，我可能還在生氣，現在嘛，仔細想想，其實他也滿可憐的，居然拒絕見自己的母親。我想起那年我們三個人一起過春節，他說，人活著，就是在服刑。現在我完全理解他那句話了。

但一個人沒有道理不見自己的母親。鄭莊公發誓「不到黃泉永不相見」，最後不還是掘地見母了嗎？

也許我們也應該讓他學學鄭莊公，但你說那個面具，是不是就不要搞了，萬一被誘發出精神病，可怎麼好？

春曦的腳步慢了下來：不搞面具的話，就沒必要繼續往前走了。

要不我們逛逛再去？反正還早。

兩人毅然回身，春曦說，你肯定沒我清楚哪裡最值得逛，我保證讓你逛得寵辱皆忘。

一口氣酣暢淋漓地逛了兩個多小時後，兩人來到一家飲料店前。

春曦含著吸管說：想一想，他要是被誘發出精神病，會是什麼樣子？

晏秋吐掉吸管：當眾脫衣服，把自己脫得精光。

春曦本能地攏住衣襟：要是被我們看見他那個樣子，會怎麼樣？逃走，還是給他披件衣服？

兩人瞪大眼睛直直地望著對方，突然噗哧一下大笑起來，晏秋岔了氣，不住地咳嗽，春曦捂著嘴，眼睛變成兩條細縫。笑了一會，晏秋覺得不對勁，再一看，春曦的睫毛濕成了一縷縷，她在哭，她還以為春曦的眼睛是笑彎了呢。

晏秋不知該如何安慰她，只能靜靜地坐在她對面，陪著她。

春曦的情緒終於平穩些了，她響亮地擤了一把鼻涕，聲音怪怪地說：太可悲了，明明覺得自己受了傷，卻說不出這傷口的名字。

她們最終決定讓威廉母子見一面。

就算是做一回慈善吧。春曦說：他母親真的滿可憐的。

不過她們決定盡量簡化那個方案，刪掉面具，刪掉報復的成分，僅僅仿效鄭莊公掘地見母的形式，助人為樂地讓他們一家子見上一面，至於她們倆，就在一旁靜觀他們的反應，算是為自己的傷口作一次結痂的催化工作。

也不用她們去挖掘地道，地底下縱橫交錯的地鐵線，就是現成的地道。

春曦說：我讓威廉在某個地方等我，我們把那個地方想像成一個舞臺，然後我帶著他母親從左側過來，他必定意外至極，就在這時，你牽著桔子從右側上來，你要假裝不認識他母親，也不知道他在這裡，你要假裝這是一個了不起的大邂逅，是上天給你們安排的一次巧妙至極的大聚會。

桔子一定要出現嗎？他已經知道他爸爸死了。

不相認也可以，就給威廉看一眼，然後你就牽著桔子走掉，讓他心裡疼死。

然後呢？

然後我們都消失，把他丟給他母親，或者把他母親丟給他。這事就算了結了，你也好，我也好，我們都需要從這塊沼澤地爬出來了。

你？爬出來？什麼意思？

春曦聳聳肩：你沒聽錯，就是爬出來。我說了什麼很生僻的詞嗎？

實際狀況比春曦預想的更有戲劇性。

她們選中的那個地鐵站，比較偏遠，人流量不大。

晏秋帶著桔子在一個夾娃娃機前夾娃娃，她準備了許多硬幣，足以讓桔子安靜地等到好戲開場。

她看到威廉了，他坐在地鐵站中間的休息椅上看手機。他變了，比在絲諾的時候胖了點，也矮了點，著裝風格好像也變了，居然穿了件夾克，雖然仍是黑色，但款式普通得不像他以前的風格。她感覺他整個人沒以前那個精氣神了。

他換了個姿勢，抬起一條腿，彎成九十度，架在另一條腿上。還在看手機。

他以前好像沒這麼專注手機。

晏秋看看他，又看看身邊專心而笨拙地夾娃娃的桔子，心口開始隱隱發痛，她在替桔子痛，父愛的缺失將會是他一生的短板，她甚至想過，將來有一天，長大了的桔子說他要去坦尚尼亞父親的出事地點去看看，那時她該怎麼辦？

哀傷的情緒只持續了一兩分鐘，她看到威廉的頭轉了一下，他在追著看一個醒目的美女，這個動作出乎意料地引發了她的憤怒。拋妻棄子，躲到一邊不受打擾地去過自己的開心日子，說到底無非就是個無情無義的自私小人，任何理由都不成其為理由，對這種人還有什麼可說的。她突然想要修改跟春曦商定好的劇情。她不想讓威廉見到桔子了。

春曦出現了，她身邊跟著自稱是威廉母親的女人。

威廉還在低頭看手機。

春曦領著威廉母親繼續往前走，她的左前方就是威廉所坐的那把椅子，但她似乎沒看到威廉，她拿出手機，打了個電話。晏秋看到威廉趕緊把手機舉到耳邊，沒錯，肯定是春曦在給他打電話。

威廉四處觀望，像在尋找春曦，春曦也在轉來轉去地尋找威廉。

威廉母親停下腳步，僵在那裡，順著她的視線看去，晏秋覺得她看到威廉了，但威廉沒看見她，威廉還在一邊講電話一邊尋找。

從那個女人垂下的手臂可以看出來，她僵得厲害。

晏秋看到春曦在往後側移動，一直移到電梯邊。她把自己藏了起來。估計她已意識到母親認出兒子來了，而威廉還在焦急地尋找，同時大步往黃線這邊走，左右觀看。

電話仍在線上，因為自始至終，威廉都保持著講電話的姿勢。

威廉母親開始移動，她走得很慢，快到威廉身邊時，謙卑地伸出一隻手，一隻渴求但又不太自信的手。她終於觸到威廉了。

威廉倏地轉過身，就像突然被人劍指咽喉，他張著兩手，望著面前矮他一頭的女人，一動不動。

女人在對威廉說著什麼。

從路人一個勁地回頭張望可以看出來，她肯定在對威廉說著什麼不尋常的事情。

晏秋的電話響了，是春曦打過來的，她問晏秋看到那對母子沒有，催她快點帶桔子下來。

我改主意了。晏秋說：憑什麼給他看？就不給他看，反正他也不稀罕。

與此同時，晏秋看見威廉母親的身子在慢慢變矮，她正在朝威廉跪下去。人群呼啦一下圍過來，黑壓壓的一片腦袋瞬間將他們包圍。緊接著，腦袋上方長出一片手機，人人都開始拍照。

一束亮光直直地射來，地鐵要進站了，原來地鐵進站並無聲音，只有一束炫目的亮光，挑開黑暗，劍一樣刺來，又像撕開帷幕，主角驟然降臨。

人頭開始鬆動，畢竟，那些人都不是為了看新鮮才出門的，他們多半有要事在身，急需趕往下一程。

就像一隻高功率的吸塵器，剛剛還在圍觀的黑壓壓的腦袋，轉眼間被地鐵吸得精光。月臺上重新變得敞亮，光溜溜。

沒有威廉，威廉不見了，只有威廉的母親還在，她癱坐在那裡，像剛剛遭到了搶劫，身邊所有值錢不值錢的東西被洗劫一空，唯有散亂的鬢髮在枯槁的臉上飄拂。

春曦朝晏秋招手，晏秋指指母子見面的地方，但春曦誇張地做著趕緊離開此地的手勢。

晏秋只好依她，快要走出地鐵站的時候，她最後回了一次頭，威廉母親還在那裡，還保持著那個被洗劫一空的姿勢。

他果然又跑了！春曦說：我想到過他可能會繼續跑，但沒想到他會在母親眼皮底下跑掉，我以為他至少要陪他母親一段時間。

春曦打了個電話，很快就掛了，轉臉對晏秋說：電話也沒人接了。跟你當年不接我的電話一樣。

春曦不理會，快步往外走。

他媽怎麼辦？

她能來，當然也能回去。

晏秋提議順便去春曦家看看。才走幾步，春曦突然一個急轉身，說：還是先去附近一個兒童樂園玩玩吧，正好陪陪桔子

晏秋有點意外，但她很快醒悟過來：你還是回去吧，桔子有我就夠了，不用你操心。她知道未婚人士多半不歡迎小孩子客人，也討厭兒童樂園。

春曦說：你怎麼還是這麼笨啊！萬一人家正在家裡收拾新一輪逃亡的行李呢？撞上了豈不尷尬？給他留點時間吧。

兩隻小眼睛

晏秋繫好圍巾，拿起鏟子，站在開始升溫的平底鍋前，只待學校放學鈴一響，她就可以做蛋餅了。

她往平底鍋裡刷上一層油，回過身來暖洋洋地問曹開心：需要我給你先煎一個墊個底嗎？

曹開心頭也不回地說：今天晚托班又增加了一個，所有東西多準備一份。

我們晚上去看個電影吧。

桔子的數學單元考不理想，才九十二分，上一次還九十七分呢，退步了。這個階段如果單元考都考不到滿分，大考肯定不行，大考不行，小升初肯定更不行。你什麼心都不操，就知道吃喝玩樂。

晏秋一聽，關了火就往晚托班教室走，她想先去看看考試失利的桔子。曹開心有學霸情結，每次桔子考完，就問他多少分，班上最高分多少，如果桔子與最高分相差兩分，他就說：他把你甩了一操場的人。如果相差五分以上，他就說：他把你甩了半個海市。桔子果然一臉哀悼地坐在那裡，看見晏秋朝他走來，眼圈馬上紅了。晏秋捧著他的臉安慰他：九十二分已經很不錯了，我那個時候，考九十二分是要受表揚的。桔子大哭起來：他不是你這樣想的。桔子當著曹開心的面叫爸爸，對著晏秋卻總是稱「他」。

曹開心在樓下催她了，桔子推了一把晏秋：你快去忙你的吧。我們都要聽話。

平底鍋裡那層薄油在慢慢收乾。一股強烈的莫名其妙的情緒，令她產生了一個無法自持的衝動，她把手放上去，只有一秒，也許還不到一秒，她就清醒過來，她看到手掌先是鮮紅一片，接著就像種子萌芽一樣，鼓起一層亮亮的燎泡，她開始顫慄，同時輕輕叫著蹲下身去。

曹開心一臉狐疑地走過來，看了看她的手，找出一瓶油來，讓她自己擦。怎麼這麼不小心？帶上手套，給人看見就沒人敢吃你的蛋餅了。

晚上，桔子捧著她的手，噓噓地吹。好疼吧？他的眼底發藍，愈發顯得面色明淨。她一寸一寸打量桔子的臉，威廉的輪廓正在慢慢顯現，她捏捏那只酷似威廉的鼻子，笑著說：沒事，疼痛也是一種紀念。

曹開心拿著蒼蠅拍子敲門板了，那是提醒桔子，該做功課了。

晏秋看看時間，又看看曹開心為桔子製作的作息表，還差六分鐘才到做作業的時間。

他不應該先過來收拾一下自己的桌子嗎？上面堆得亂七八糟的，站有站相坐有坐相，做作業也要有做作業的樣子。

晏秋趕緊起身去收拾。

曹開心一把推開了她：這是他自己的事。

桔子走過來，默默地、毫無章法地收拾。

晏秋悄悄提醒曹開心：別對他太嚴了，他還小，慢慢來。

愈早愈好懂不懂？曹聞一就是上規矩上得太晚了，你應該感謝我，曹聞一身上的教訓我全都毫無保留地拿來用在他身上了，你對孩子根本不上心，也沒有經驗，要是沒有我保駕護航，他不走彎路才怪。

你想帶他走一條什麼樣的直路？

當然是走尖子生的道路，對我們老百姓來說，只有當尖子生，到哪裡就是哪裡的尖子生，才有出路。

如果他沒有那個天賦呢？

哪有什麼天賦？都是勤學苦練來的。

曹開心一直拿著蒼蠅拍子，那是他的體罰工具，能打疼，又不擔心打出傷來。他進去陪桔子，隨手關上房門。

晏秋看著門，像個板得死死的討厭面孔，她轉了兩圈，去倒了兩杯水，放進托盤裡，去推門。

先敲門。曹開心不耐煩地把她搡出來：你要幹什麼？

她示意先喝點水。

我正在訓練他的專注力，你早不來晚不來，偏在這個時候跑過來搗亂。他瞪著兩眼朝晏秋揮舞著蒼蠅拍子：我真心誠意為他著想，挖空心思為他設計未來，你就是這樣配合我的？你還想不想他成器了？不想就早點說，省得我白費功夫。罵完，再次砰地一聲把門關上。

晏秋端著盤子站在原地，她第一次聞到門板的味道，那是發了黴的木頭混合著劣質油漆的味道。她聽見蒼蠅拍子使勁拍在桌上的聲音，她能想像，拍子響一下，桔子就全身抖索一下，然後更快地搖動鉛筆，更緊地貼向桌面，所以曹開心才會大喊一聲：背挺直！晏秋放下托盤，心口咚咚直跳。

因為關著門的原因，屋裡愈發顯得逼仄，她走兩步，就碰到了牆壁，轉個身，再走兩步，還是牆壁，她想拉開門，衝出去，又覺得此舉不妥。

電話響了，是春曦，她說她在她家樓下，問她是否願意下來走走。

真是太及時了。晏秋抓起鑰匙就往下跑。

近前一看，晏秋嚇了一跳，春曦的黑色T恤下面，竟然沒穿內衣，兩個小點點像兩隻小眼睛，坦然地望著晏秋。

你搞什麼？要我上去幫你拿個胸罩下來嗎？晏秋急得像是自己忘了穿胸罩一樣。

你以為我連這個也買不起啦？春曦全身放鬆地往前走。

晏秋走兩步就瞄她一眼，幸虧春曦的胸部不大，若不是湊得特別近，不大容易看出來。這是新潮流嗎？她問。

不知道，我只知道這樣最舒服。

她們漸漸統一了步履，好似又回到了兩個人的宜林時代。

他當初給你留下一點什麼沒有？字條之類的。春曦望著前方，就像那裡能看到遙遠的宜林。

他就跟桔子道過再見，親了他兩次，然後對我說，再見咯！可惜當時我毫無覺察。

春曦對著自己的影子做出一個模仿小狗的動作，催促晏秋：快！快拍下我的影子。

她拍好了，拿給春曦看，春曦挺滿意。

以後，有需要用我照片的地方，就用這張，我喜歡。

毛病！晏秋放大圖片，仔細打量那張小狗照片的細部。我突然有個想法，要是不穿衣服，拍出來可能效果更好。

說到衣服，我有一些衣服送給你，你會介意嗎？

晏秋想起當年那件白底綠點的淑女裙，還有那天晚上威廉的目光，不由得蠢蠢欲動，嘴上卻說：一個胸罩都不肯穿的人，能有什麼拿得出手的好衣服。

你從來都不問我後來的工作，告訴你吧，我在一個不太有名的模特公司工作過，除了做財務，也幫模特們拎衣服，你可以想像我現在的衣服有多少，衣品如何。

晏秋馬上嚷嚷起來：快給我快給我，要不我現在就跟你一起去拿？

春曦表示馬上就會有快遞給她送來。

晏秋問她那個公司還招人不，她也想去那種地方工作。春曦說你不是老闆娘嗎？老闆娘是不用工作的，老闆娘本身就是一份工作。晏秋想想曹開心那個小店，還有樓上的晚托班，她知道那不算工作，她也還沒找到老闆娘的感覺，不過他們娘倆卻在靠它養活，頓時無言以對。

她們上了一輛雙層觀光巴士，在頂層坐下來，春曦問她晚點回去要不要緊。當然要緊，但晏秋捨不得說出來，不說出來還可以含糊著，一旦說出來，就得馬上回去。因為不是節假日，觀光車上人不太多，頂層更是空曠。她們一人占據一個座位，斜躺下來，如同飄浮在夜空之下，城市燈火之上。

告訴你一個祕訣，如果心情不太好，就來坐這個巴士，在空中飄一會，什麼不愉快都隨風而去了。

那你坐過幾次？晏秋問。

春曦噓了一聲：安靜！安靜下來，你就能看見星星。

晏秋學她的樣子，仰面躺著，望著縹緲的夜空。

但她什麼也沒看見。

你知道嗎？他就那樣走了，連一聲再見都沒說。春曦仰躺著，似在對夜空說話：我沒猜錯，他回來拿過東西，背包，換洗衣服，鞋，水杯，電腦，凡是他的東西，他都拿走了，餘下的東西給我理得整整齊齊，他肯定收拾了很久，他做了這麼多事，卻不肯拿筆給我寫下一句話、一個字，電話裡也沒給我留言。他讓我覺得像是做了一場白日夢。你在聽嗎？我知道你可能不愛聽這些，沒關係，你可以不聽，也可以徑直下車，走掉。真的。

晏秋沒有走掉，相反，她聽得很認真，句句鑽心，疼痛讓她說不出話來。

這樣對你也好，與其藕斷絲連，不如快刀斬亂麻。

我不是這樣想的。

春曦不再繼續往下說，晏秋也不催，自去搜索天空，如果真能發現了幾顆星星，她希望明天就帶桔子來坐雙層巴士，就算曹開心反對她也要把桔子拉出來，學不學霸她無所謂，她從來就沒想過讓桔子去當學霸。

她不知不覺睡了過去，等她被到站的嘈雜驚醒的時候，春曦已經不見了。連滾帶爬下了車，趕緊給春曦打電話，竟然又是無法接通。她一笑，把電話塞進包裡，她再也不怕這個電子提示音了。

她到家的時候，桔子已經睡著了，她站在床邊打量他的小臉，每一個毛孔，每一個細胞，都得到極大的舒展，都在最大限度地呈現它們的本來面貌，他長得真好看，既有威廉的大氣輪廓，也有她的精巧細緻。他的眼球在輕輕顫動，額頭上有一種只有兒童才有的溫潤光輝。她從他臉上看到了某種聖潔，它不屬於逃跑的威廉，也不屬於想要再試一把成功家長的曹開心，他應該僅僅屬於愛，她這個母親的愛。

曹開心正在燈下研究他的作業本，桌上擺著晚餐後來不及洗的碗碟，她想要跟他好好談談的決心被一陣內疚衝垮，每天每天腳踏實地的付出，連她這個母親也無法做到，他卻做到了，現在她相信，沒準曹開心真能把桔子培養成學霸。

躺下後，曹開心問她出去見了誰，她想了想說：一個老鄉、好朋友、失戀的姑娘。

看不出來你還會安慰失戀的人，你怎麼安慰的？

她硬著頭皮繼續撒謊：我帶她坐在雙層巴士上一邊觀光一邊抬頭找星星。

找星星能治失戀？曹開心大笑，笑得被子都從身上抖落下去。

第二天下午，晏秋收到了春曦寄來的一件大包裹，裡面全是衣服。包裹最深處，藏著一封信。

這些都曾是我的最愛，也是最值得保存下來的衣服，我曾經給它們寫過一首詩：

看這些衣服／來自田野的纖維／它們謙虛低調／貌不驚人／它們紮起布匹之花／在塵世簇擁你，保護你／它們幫你取悅男人，卻比男人更值得你依靠和寵愛。

現在，它們都歸你了，當你穿上它們，你不僅僅是穿上了衣服，而是披上了鎧甲。而我，已經不需要這些鎧甲了。這是第二次，我不能確定我敗給了誰，第一次我是知道的，我敗給了你，還記得在宜林我們撞衫的那次嗎？如果我不說出來，我懷疑你永遠都不知道。染頭髮的時候，威廉問我們誰先來，我說你看著辦，結果他毫不猶豫地選擇了你。那次我徹底失控了，我覺得我們不僅撞了衫，還撞了人。而這一次，我以為他終於覺醒過來，重新選擇了我，結果你看到了，這是個多麼荒誕的結局，他居然連個告別都沒有，丟下所有人，抱頭鼠竄而去。瞧瞧我們倆的眼光，我們不但撞衫，撞人，連錯誤也一樣結結實實地撞上了。

不管怎麼說，錯誤就是錯誤，不會因為有人分擔而減輕錯誤帶來的打擊。

我不得不思考過去的歲月，也許我的錯誤在於，我太貪戀一些表面的東西，好看的，好聽的，感覺舒服的，都是我的選擇，我活得太膚淺。得換一種活法了，也許要從頭開始，既然我不喜歡我的專業，趁著還不是太老，趕緊去重新選擇一次，拋開虛榮之心，戒驕戒躁，踏踏實實做事，所以，別笑我，我選了個最寂寞的行當，我是在一個紀錄片裡看到那個穿盤扣衣服的繡娘的，她臉上的表情吸引了我，我去找到她，費了很大功夫才說服她收下我這個徒弟。

所以這些衣服我都用不著了，繡娘必須像木頭一樣樸素，身上沒有半點顏色，方能襯出手中絲線的色彩。

不要找我，必要的時候，我會跟你聯繫的。

晏秋把信看了兩遍，又去打量那些衣服，她聽到自己的呼吸愈來愈急促，愈來愈沉重，春曦又走了，這以後，她怎麼辦呢？

當代名家
衣物語

2023年5月初版 定價：新臺幣420元

著者	姚鄂梅
叢書編輯	杜芳琪
校對	馬文穎
內文排版	菩薩蠻
封面設計	初雨有限公司

出版者	聯經出版事業股份有限公司	副總編輯	陳逸華
地址	新北市汐止區大同路一段369號1樓	總編輯	涂豐恩
叢書編輯電話	(02)86925588轉5394	總經理	陳芝宇
台北聯經書房	台北市新生南路三段94號	社長	羅國俊
電話	(02)23620308	發行人	林載爵
郵政劃撥	帳戶第0100559-3號		
郵撥電話	(02)23620308		
印刷者	文聯彩色製版印刷有限公司		
總經銷	聯合發行股份有限公司		
發行所	新北市新店區寶橋路235巷6弄6號2樓		
電話	(02)29178022		

行政院新聞局出版事業登記證局版臺業字第0130號

本書如有缺頁，破損，倒裝請寄回台北聯經書房更換。 ISBN 978-957-08-6894-4 (平裝)
聯經網址：www.linkingbooks.com.tw
電子信箱：linking@udngroup.com

國家圖書館出版品預行編目資料

衣物語/姚鄂梅著．初版．新北市．聯經．2023年5月．
304面．14.8×21公分（當代名家）
ISBN 978-957-08-6894-4（平裝）

857.7 112005001